鰻と甘酒
居酒屋お夏 春夏秋冬

岡 本 さ と る

幻冬舎時代小説文庫

鰻と甘酒　居酒屋お夏　春夏秋冬

目次

第一話　乱れ酒

一

「おかみさん、ちょいとばかり留守にしますので、何かありましたら政吉に申しつけてやっておくんなさいまし」

不動の龍五郎が畏まってみせた。

彼の前には、米店〝金熊屋〟のおかみ・お結がいて、にこやかな目を向けている。

「ふふふふ、お前さんも律儀だねえ。留守にするったって、五日や六日のことなんだろう？」

「へい、そんなところで……」

「いちいち断りに来なくったっていいよう」

「そうはいっても、これが決まりになっておりやすから、おかみさんの顔を見ておかねえと、何やら調子が出ねえんでございますよ」

龍五郎は頭を掻いた。

四十も半ばを過ぎて、目黒界隈では言わずと知れた口入屋の親方も、お結の前ではまるで子供だ。

お結は龍五郎よりも十ほど上らしい。歳の離れた弟を見るような、ほのぼのとした表情となって、

「調子が出ないと困っちまうねえ。そんなら龍さん、気をつけて行っておいでなさいな」

「へい、行って参りやす……」

「いつもすまないね」

「とんでもねえ……」

そんなやり取りを経て、龍五郎は、初夏のある朝、所用の旅に発った。

時折は、数日の間目黒を離れることのある龍五郎であるが、その度にこのような儀式が為されていることはほとんど知られていない。

龍五郎がいない夕べは、彼が常連の肝煎を務めている、永峯町のお夏の居酒屋では、

「小母さん、喧嘩相手がいねえと、寂しいだろう」

などと、誰彼なしにお夏に声をかけ、

「馬鹿なことを言うんじゃあないよ。あのおやじがいないと、静かで何よりだと、つくづく思うねえ。言っておくが、恰好つけているわけでも何でもないよ。好い歳をして口喧嘩をするのも、これはこれで疲れるのさ。おもしろがるんじゃあないよ」

いつものようにやり込められる。

客についての、立ち入った話は好まないお夏であるが、〝宿敵〟龍五郎だけは特別のようだ。

親方が留守の間は口入屋を預かる政吉の姿を見かけると、その動向が気になり、

「それで、親方はどこへ出かけたんだい？」

と、珍しく自分から訊ねたものだ。

「そいつは何だ。昔馴染に会うとかで千吉を連れて相州の……、ええ……、どこだ

っけな。いけねえ、このところすっかりと物忘れがひどくなっちまったよ」

「まだそんな歳じゃあないだろ。親方の馬鹿が移っちまったのかい」

お夏が、頭を抱える政吉を詰っていると、

「相州の藤沢だろう」

助け船を出したのは、米搗きの乙次郎であった。

「そうだ、藤沢だ。ああ、すっきりした」

政吉は、右手でぴしゃりと自分の額を叩いてみせた。

「親方は、今日もおかみさんに挨拶に行っていなさったか」

「ああ、親方の声はでけえから、耳に届いたよ」

乙次郎は、米店の〝金熊屋〟に出入りしているので、龍五郎がお結によく会いに来るのを以前から知っていたのだが、

「政さん、親方は何かい？　〝金熊屋〟のおかみさんに世話になったことがあるのかい？」

詳しいことまでは知らず、ちょうどよい折だと訊ねた。

お夏は、興をそそられたようで、近くの床几に腰を下ろして煙管を取り出した。

政吉は、この日入った鮎にむしゃぶりついていたのだが、親方の話になるといい加減には応えられないと、その手を休めて、

「うちの親方は、あんまり昔の話をしたがらねえんだが……」

「きっとろくなもんじゃあなかったんだろうねえ」

すかさずお夏が相の手を入れた。

口喧嘩をするのも疲れると言いつつ、今ここにはいない龍五郎をからかうのが、毒舌女将の本領であろう。

「まあ、そう言わねえでおくれよ」

このところは話す口調も落ち着いてきた政吉は、苦笑いを浮かべると、

「龍五郎の親方を、口入屋として仕込んだのは、金毘羅の熊吉っていうお人だったんだ」

熊吉は、目黒の金毘羅大権現社の参道に住まいを構えていた俠客であった。

目黒不動門前の盛り場で遊び回っていた政吉が龍五郎に拾われたのと同じように、龍五郎も若い折は目黒界隈では暴れ者で通っていたのを、熊吉に意見をされ口入屋として働くようになったという。

　その頃の龍五郎が、どれほど悪さをしていたかは、まだ幼かった政吉にはよくわからないが、熊吉によって、ただの破落戸（ならずもの）になってしまうことなく、男伊達（おとこだて）の口入屋に成長したのは明らかであった。

　龍五郎は、俠気（おとこぎ）に満ちた熊吉に惚（ほ）れ込み、

「今のおれがあるのは、熊吉の親方あってのことよ」

と、話しているのを、政吉は何度か聞いていた。

「ああ、なるほど、そういうことだったのかい。合点がいったよ」

　乙次郎が神妙に頷（うなず）いた。

「確か、〝金熊屋〟のおかみさんのご亭主だったんだな」

「ああそうだ。おかみさんは、うちの親方にとっちゃあ、恩あるお人の女房で、色々と世話にもなったそうなんだよ」

　熊吉は口入屋を営んでいたが、俠気を前に押し出していたから、商売としてはまるでいけなかった。

　困っている者を見ると、

「働き口が見つかるまでは、これで食いつなぐがいいや」

そう言って銭を与えたりして、仕事が見つかると、

「あの銭は、お前さんへの祝儀にしておくよ」

などと言ってくれてやった。

それでは暮らしが立ちゆかぬので、熊吉の女房・お結は、目黒不動門前にある米屋を手伝って方便の足しにした。

そのうちに、主人夫婦に子がいなかったので、

「この店は、お結さんに預けるよ。こんな小っぽけな米屋でも、金毘羅の親方のお役に立てるなら、これほどのことはない……」

と、お結が任されるようになったのだ。

お結はその想いに応え、主人夫婦にはしっかりと店の儲けを渡しつつ、店を次第に大きくして〝金熊屋〟という屋号にしたのであった。

熊吉はというと、

「おれのような騒々しい男が店でうろうろしているのも、お客人にとっちゃあ目障りだろうよ。日が暮れてから、お前の厄介になるとしよう」

日が高いうちは、今まで通り金毘羅大権現社の参道で口入屋を開きつつ、夕方に

なると〝金熊屋〟の裏手から入って、女房の許に通うという暮らしを続けたのである。

そんなところも含めて、目黒の住人達に愛された熊吉であったが、二十数年前に亡くなり、口入屋は不動の龍五郎が、目黒不動門前に出て受け継ぎ、今に至るのである。

「そういう昔があって、親方は一日に一度は〝金熊屋〟に顔を出して、ご機嫌を伺っているってわけだな」

政吉は少し誇らしげに言ったものだ。

常連客達は、いかにも親方らしいと感じ入った。

「なるほど、口入屋も一朝一夕ってわけじゃあないんだねえ」

お夏も、板場で黙々と包丁を使いながら聞くとはなしに聞いていた料理人の清次と顔を見合いながら頷いた。

「そんな話は知らなかったよ」

一服終えたお夏は、思い入れをした。

「随分と昔の話だし、親方はあんまり若い頃の話をしたがらねえから、ここの皆が知らねえのも無理はないさ」

　政吉は取り繕ったが、

「ふふふ、そんな話をして、もしあたしにからかわれたら、気が遠くなるほど腹を立てないといけなくなる……。だからここでは、しないんだろうよ。まったく、あたしがそんな好い話を茶化すはずがないじゃないか。そういうところが何かむかつくねえ、あのおやじは……」

　お夏はニヤリと笑って、縄暖簾の向こうに広がる夏の夜空に目をやりながら、喧嘩相手に想いを馳せた。

二

　その翌日の昼下がり。

　お夏の店に見慣れぬ客が来た。

　不動の龍五郎と同じような年恰好で、若い頃は暴れ者だったのが、歳と共にその利かぬ気やいかつさが、好い塩梅に身に付いてくるという風情なのがおもしろかった。

龍五郎は、どちらかというとそのような人間のあくが愛敬となって表れる方だが、この客はむしろそれが渋味のある貫禄となって風情に出ている。

常連の中でも肝煎と自他共に認める龍五郎がいない今、

――代わりに店に来てくれたのかねえ。

お夏はそんな気がして、不思議と好感を覚えたのである。

いつもの顔が揃うのにはまだ早い時分であったが、遅めの昼を食べる客が何人かいて、この客を少し眩しげに見ていた。

「まず飯にするか、酒にするか、だね……」

客は太く渋い声で言った。

店に来るのは初めてだが、噂は聞いていると、初めに伝えておこうと思ったようだ。

「はい、もちろん両方一緒だって構いませんよ」

お夏は、少しばかり遠慮気味にものを言う客が気に入って、にこやかに彼を迎えた。

「やはり酒だな。肴はみつくろってもらおうか。食えねえものはひとつもねえよ」

客は目に笑みを湛えながら注文すると、入れ込みの土間の長床几に腰をかけた。

「ちょいとお待ちを……」

清次は客の好みを読みながら、鯉のあらい、莢ごと網で焼いた空豆、たっぷりと削り節をかけた奴豆腐の三品を出した。

あまり手が込んだものより、素材のよさを生かしつつ、ちょっと炙ってみたり、醤油を落してみたり――。

そんな料理が好みではなかろうかと見てとったのだ。

それは見事に当っていた。

「ああ、こいつはうめえや。何だか恐えくれえだ」

客は冷や酒を飲みつつ、舌鼓をうった。

清次にとっては何よりも嬉しい瞬間で、貫禄という点では、苦味走っていて客にひけをとらない彼が、

「恐いですかい？」

と、思わず声をたてて笑ったほどだ。

「ああ、恐いねえ。こんなに食いものの好みを当てられたのは生まれて初めてだ」

「そいつは畏れ入りやす」

清次は畏まってみせて、

「お不動さんの帰りですかい？」

無口な彼が、つい声をかけていた。

「まあ、そんなところさ。やはり好いところだねえ、目黒って土地は……」

どうやらこの界隈は、客にとって思い出深いところのようだ。

とはいえ、お夏も清次も、それ以上、立ち入った話はしないのが信条であるから、

「用があったら、声をかけておくんなさいまし」

お夏はひとまず客から離れて、そっと様子を見るに止めた。

「すまねえな。心して、じっくりとやらせてもらうよ」

客もそういうお夏の気遣いがありがたいのか、ちろりの酒をぬるめの燗でつけてくれと新たに注文して、ゆったりと飲み始めた。

なかなかの酒好きであるらしい。

出した料理が残り少なくなってくると、帰りには、

「また寄ってやっておくんなさいまし」

久しぶりにそんな言葉で客を送り出そうと思い始めたお夏であったが、ちょうど客が食べ終えた時、

「あら、もう来ていたのですねえ」

店にお春が入って来て、客の傍らに腰かけた。

お春は、目黒不動門前の仏具屋〝真光堂〟の後家で、〝くそ婆ァ〟と恐れられるお夏に対して、いつも若やいだ声で、

「お夏さん……」

と呼んでは店にやって来る〝恐いもの知らず〟の常連の一人である。

それゆえ、この客のことが次第に気になり始めていたお夏には、思いもかけないことで、

「何だい、お春さんのお知り合いかい？」

と、少し声を弾ませた。

客の素姓などは一切問わず、店に通ってくるうちに自ずとその人となりがわかってくるくらいの間をとっていたい。

それがお夏の居酒屋での、店と客、客と客の流儀であるが、人によってはいささか、まどろこしいこともある。

お春の知り人となれば、この先また会うこともあるだろうし、彼が何者であるかもすぐに知れよう。

「ええ、この人とは昔馴染でねえ」

お春は問われて、少女のような華やぎを見せ、

「弁(べん)さんというのよ。ちょっとの間、目黒にいることになったから、ここへ来たら飲ませてあげてちょうだいね」

お春は、客を〝弁さん〟だと言うと、それからすぐに、彼を連れて店を出た。

どうやらこの店で落ち合うことになっていたらしい。

「またどうぞ……」

お夏は飾り気のない表情で見送ったが、弁さんとお春の取り合わせが意外で、弁さんの居酒屋登場は、

「これから何かある……」

と、思わずにはいられなかった。

清次は板場から見送ったが、お夏と同じ想いのようで、しばし包丁を持つ手を止めて外を眺めていた。

すると、そこへ弟分の長助を従えた政吉が、思案顔で入ってきて、

「今、外でお春さんを見かけたけど、一緒にいた人は誰だい……？」

と、清次に問うた。

「よくわからねえが、昔馴染で〝弁さん〟と言いなすった」

「弁さんねえ……」

政吉は小首を傾げた。

お夏が見送りから戻ってきて、

「政さん、あの人に見覚えがあるのかい？」

「いや、どこかで見かけたような気がするんだよ……。弁さんか……」

政吉は席につくと、

「弁さん……、もしかすると、弁天の寅蔵……。そうかもしれねえ、弁天の寅蔵さんだ……」

はっとした表情となった。

「弁天の寅蔵……？」

お夏以下、店にいた者は、一斉に政吉を見た。

「うん、きっとそうだ。だとしたら、こいつは大変なことになるぜ……」

そして政吉は、しかめっ面で腕組みをしてみせたのであった。

三

件(くだん)の客は、政吉が見た通り、かつてこの界隈で弁天の寅蔵と呼ばれていた男であった。

彼は、お夏の店でお春と落ち合うと、そのまま行人坂(ぎょうにんざか)を下り、目黒不動の門前へと向かった。

「お内儀(かみ)さん……、あっしはやっぱり、帰ってくるんじゃあなかったような気がいたしやす……」

寅蔵は、道中何度もその言葉を口にしていた。

「もう二十年をとっくに過ぎているのよ。この五年ほどの間に、お結さんはすっかりと体の調子を悪くしてしまってねえ……」

熊吉との間に子はおらず、今は誰に店を任そうか思案中で、その心労もありお結は店の内に籠り切りになっているとお春は言う。

そのことについては、既に何度も文で報されていたのだが、実際にお春の口から聞かされると、寅蔵は神妙な面持ちとなった。

お春は〝真光堂〟に嫁いで目黒に来てから三十年以上になる。

老舗の仏具店の内儀で、好奇心に溢れ、何かというと人の世話を焼き、しかも立居振舞が少女のようで嫌みがない。

それゆえ、お春は多くの者から慕われ、今ではこの界隈の昔をよく知る、数少ない分限者の一人となっている。

〝金熊屋〟のお結とも、長年交誼を結んでいるが、

「ねえお結さん、永峯町におもしろい居酒屋があるのよ、行ってみない？」

本来ならば、龍五郎と二人で気晴らしに誘いたいもののそれもならず、お春はここ何年も気を揉んでいたのだ。

それで思いついたのが、寅蔵を目黒に呼んで、お結に会わせることであった。

寅蔵はかつて目黒に住んでいた。

そして、お結とは因縁浅からぬ間柄であった。

それがあれこれとあって彼が目黒を出てから、長い歳月が経ってしまった。

〝あれこれあった〟といっても、それも二十年以上も過ぎればひとつの思い出である。一度戻ってきて会っておくべきだと、お春は強く望んだのであった。

かつてはひとかたならぬ世話になったお結であったが、寅蔵は自分の居処を告げていなかった。

それでも昔馴染のお春にだけは、時折そっと現況を報せていた。

「決して誰にも言ってくれませぬよう……」

という願いを添えて――。

お春は寅蔵の願いを聞き容れて、彼から便りがあることは口外しなかった。

口外すれば、寅蔵からの便りが絶えてしまうのではないかと思ったからだ。

しかし、彼が自分にだけは便りを寄こしてくるのは、目黒との縁をまだどこかで繋いでおきたいという気持ちの表れであったと彼女は解していた。

「わたしが間に入るから、とにかく一度、お結さんの前に出て、元気な姿を見せてくれますように……」

それゆえ、ずっと寅蔵に、そのように文を送り続けていたのであるが、ここに至ってやっと寅蔵が戻ってくる気になってくれたのである。

いつものほほんとしていて、居酒屋のお夏をして、

「根っからの箱入り娘には敵わないよ……」

と言わしめるお春であるが、思いの外に口は堅く、思い立ったら何ごとにも根気よく当り、よい結果を得る気丈さを持っている。

仏具店は息子の徳之助に譲り渡したが、未だに店の商いが順調なのも、お春の影があるからだと見る向きも多い。

お夏に〝敵わない〟などという言葉を吐かせるのは、そもそも並大抵の女ではないのだ。

「さあ、〝金熊屋〟さんに着きますよ」

お春は米店が見える角へ来て、寅蔵に明るい声で言った。

少し遅れて供をする男衆の作造も、いささか緊張しているように思えた。

彼はお春から、寅蔵がどのような理由で、長年にわたり目黒に戻ってこなかった

かを聞かされているらしい。

「お内儀さん……」

寅蔵はその場に立ち止まった。

「駄目よ。この期に及んでためらっちゃあ」

お春はそれを見咎めた。

「いえ、おかみさんには会いますが、明日の朝に出直した方が、よろしいんじゃあござんせんか」

「そんなことを言っていたら、いつになるか知れませんよ。今時分なら、お店もちょうど一息ついたところだから大丈夫ですよ。今朝、お結さんの耳にも入れてあるんだから……」

「左様で……」

「とても喜んでいたわ」

「そいつはありがたい。でも、あっしは一杯やってしまいましたから」

「あれくらいのお酒で酔う寅さんじゃあないでしょう。何かことに及ぶ時は、勢いをつけるんだって飲んでいたあなたがよく言うわねえ」

「いや、しかし……」

「行くわよ……！」

五十になるお春である。ここ一番の声音には凄みがあった。

「へい……」

寅蔵は、恰幅の好い体を小さくして、お春に頭を下げた。

「お任せいたしますでございます」

「わかれば好いのよ」

お春は有無を言わさず、寅蔵を引き連れて〝金熊屋〟へ入ると、

「〝真光堂〟の春ですよ。お結さんは奥ね」

店の番頭にひと声かけて、すたすたと通り庭から奥へ入った。

番頭は、昔からこの店で奉公している四十過ぎの男だが、お春の後に続く寅蔵に見覚えがあるらしく、

「あ……、寅さん……」

憧憬の眼差を向けて低く唸った。

「立派になったねえ。ちょいと邪魔をするよ……」

寅蔵は、番頭にひとつ頷くと、そのまま奥へと入った。

通り庭を抜けると、廊下へ上がる階（きざはし）がある。

そこから上がって突き当りが、お結の用部屋となっているのを、寅蔵は覚えていた。

彼はかつて、この店で働いていたことがあった。

米搗きや、俵（たわら）の搬出入にあたる人夫の束ねが仕事であったが、お結に重用されていたので、何かとこの部屋に呼び出されたものだ。

労をねぎらってもらったこともあったし、血の気の多かった若い頃ゆえ、あれこれとしくじって、きつく叱られたり、諭されたりもした。

「お結さん、お連れしましたよ……」

お春はどこまでも明るく人と接する。

無愛想で、怒ったように荒くれと接するお夏とは好対照だ。

「これは〝真光堂〟のお内儀さん、色々とお手間でございました。ありがとうございます」

部屋の戸を開けると、お結が恭（うやうや）しくお春を迎えたが、こんな時のお春は実にあっ

さりとしていて、

「好いんですよ。わたしが勝手に世話を焼いただけのことですから、ひとまず今日は一刻（約二時間）たったら迎えに参ります。しばらくうちで泊まってもらうことにしましたから」

「お春さん。それはいけません、この人はそもそも……」

お結はうちに泊めるべきだと言いたかったのだが、

「いえ、わたしのところに来る方が何かと好都合ですよ。とにかく、一刻ここに置いていきますから、長い間の無沙汰を叱っておあげなさいませ。ふふふ、こうしてまた会えて何よりでしたね。わたしも嬉しゅうございますよ……」

お春はお結に対しても有無を言わさぬ勢いで言い置くと、寅蔵を残して立ち去ったのであった。

寅蔵は、お春を拝むようにして見送ると、お結の前に改まって手を突き、

「おかみさん、一別以来でございます。これまでの不義理を、どうぞ叱ってやっておくんなさいまし……」

と、声を詰まらせた。

「こうして達者な姿を見せてくれたんだ。あたしはそれだけで何よりさ」

お結は、そんな寅蔵をつくづくと見つめながら、やさしい声をかけた。

「しかしおかみさん……」

寅蔵は嘆息した。

彼は確かに二十数年前に、お結に対して不義理をしていた。

だが、その時の自分自身に対する憤懣やる方ない想いや、人生の波に呑み込まれた切なさも、長い年月を経ると、ただ〝申し訳なかった〟という、夢で見たかのような罪科に昇華してしまう。

詫びる想いに、懐かしさや、長く会わなかった人と会う喜びが加わり、懺悔の想いさえ薄れて戸惑いが先に立つのだ。

「あの時のことを気にするのはおよし。あれはあんたにとって仕方がなかったんだ。あたしは何も怒ったり、恨みに思ったりはしていないんだよ。かえってあんたに辛い想いをさせちまったと、ずっと気に病んでいたくらいさ。よくこうして会いに来てくれたねえ……」

お結は心底そう思っているのだと、言葉に力を込めた。

「その言葉を聞けたら、あっしはもう何も言うことはござんせん。何とかやっております。へい。ご案じくださらずともようございます。取手の宿で、船人足の束ねを任されて、それなりに人様のお役にも立てております。おかみさんはおやさしいから、あの寅蔵の馬鹿はどこかで野垂れ死んでいるのではないか、などとお気にかけてくださっているんじゃあねえかと……。どうぞご案じなされませぬように願います。おかみさんに安心していただこうと思って、恥を忍んでやって参りやした……」

掻き口説く寅蔵に、お結はかける言葉も失って、しばし頷いてばかりいたのである。

四

「弁天の寅蔵ってえ人はよう。うちの親方の喧嘩仲間って言われていたそうだ」

お夏の居酒屋では、政吉が知る限り寅蔵についての逸話を語っていた。

寅蔵を見かけた時から、

——いったい何者なのか。

と思っていたお夏である。

彼がお春の知り人とわかり、そのうち正体が知れるだろうと思っていたら、政吉がいきなり寅蔵の素姓を語り出したので、いささか面くらったが、寅蔵が不動の龍五郎と浅からぬ因縁があったと聞くと、

「まあ政さん、こいつは店のおごりだから、一杯やって舌の滑りをよくしておくれ」

お夏は、酒を注いでやった。

龍五郎不在の居酒屋である。そこで龍五郎の昔を知るのも悪くなかった。

「こいつはかっちけねえ……」

政吉はありがたくその酒をぐっと飲んで、

「だが、皆、親方がいねえ間に、おれがおもしろがってべらべら喋(しゃべ)っていたなんて、言わねえでおくれよ」

と、店の内を見廻(みまわ)した。

「いや、親方の喧嘩仲間だったってお人がいきなりやって来たんだ。こいつは穏(おだ)や

かじゃねえ。だから聞いておきたいのさ」

清次が宥めるように言った。

「なるほど、そうだね。清さんがそう言うなら喋り甲斐があるってもんだ」

強面の政吉も、清次に言われるといきなり従順になるのは相変わらずだ。

「皆、知っているだろうが、うちの親方は若い頃、喧嘩自慢で通っていたらしい」

寅蔵を見かけた興奮も手伝って、それからは勢いよく話し始めた。

目黒不動界隈での龍五郎の暴れっぷりは、なかなかのものであったらしい。

貧しい棒手振りの子に生まれて、早くに二親に死に別れると、方々で力仕事など手伝いながら、これといった定職は持たず、町場で暴れ廻っていた龍五郎であった。

そして目黒不動界隈で好い顔になった龍五郎に対して、白金界隈で喧嘩自慢を謳われたのが、同じ歳の寅蔵であった。

彼もまた同じような境遇に生まれ、これといった職も持たず、一端の俠客を気取っていたから、二人は宮本武蔵と佐々木小次郎の宿命のごとく、互いに相手を意識し始め、

「あんな野郎に負けるもんかい」

と、特に何の意趣があるわけでもないのに、周りの者にうそぶくようになった。まだまだ半人前の二人は、好敵手との喧嘩に勝って、自分の名を揚げたいと考えたのである。

大人達もおもしろがるから、対決の気運は弥が上にも高まった。

「よし、そんなら果し合いといこうじゃねえか」

強い相手と闘う恐怖は、男になりたいという強い想いにかき消されていく。

二人はついに、明和の行人坂の大火によって廃寺となった大圓寺でぶつかり合ったのである。

「で、龍五郎の親方が勝ったのかい？」

居酒屋の客達は、政吉の話に聞き入って身を乗り出した。

「それが、寅蔵さんも滅法強くて、互いに参ったとは言わねえから、もうそのうちに二人共、ふらふらになったところに、仲裁が入った……」

それが、金毘羅の熊吉であった。

熊吉は、おもしろがって二人を競わせた大人達を叱りつけ、

「こんなに威勢の好い二人を、やくざ者にしてしまっていいものかい！」

と言って、二人を自分の家へ連れ帰った。

「いいか、おれは喧嘩はするなと、分別くせえことを言うつもりはねえが、今日のところは預からせてもらうぜ」

そして、いつか決着をつけたいと思う日がくれば、その時こそ存分にやり合えば好いが、まず二人共好い男にならねばならない。

「俠客を気取った出来損ないの喧嘩など、みっともなくて見ちゃあいられねえからな」

と、きつく戒めたのである。

二人は熊吉の勇名は聞き及んでいたから、

「親方がそう仰るなら……」

と、素直に意見を聞き容れた。

その上で、好い男にはどうすればなれるのか問えば、

「そりゃあ決まってらあ、人様のお役に立つことさ」

やくざ者の真似ごとをしていたって、人様のお役には立てない、何か生業を見つけることだと熊吉は応えた。

とはいえ、この二人を使いこなせる者もなかなか見つかるまい。

口入屋をしていた熊吉には、それはわかり切っていた。

「それで熊吉の親方は、龍五郎の親方に自分の仕事を手伝わせ、寅蔵さんには女房のお結さんがやっている米屋の手伝いをさせたってわけさ」

政吉がそう言うと、米搗きの乙次郎は大きく頷いて、

「そうか。そういえば、そんな話を誰かに聞いたことがあったよ……」

「そりゃあきっと、〝金熊屋〟の番頭さんに違えねえや」

「うん、そうだったかな……。うん、確かに番頭さんだ」

「それほどの男が、どうして店からいなくなったんだよ」

常連達の間から声があがった。

乙次郎は顔をしかめた。

龍五郎の好敵手が〝金熊屋〟にいた。

もっと噂を聞いていたとておかしくないのだが、長い年月は人の存在すら消し去ってしまうらしい。それが乙次郎には哀しかった。

「熊吉の親方が死んじまってから、ちょっとした騒動があったらしいぜ」

さすがに政吉は、彼もまた盛り場をうろついていた過去があるだけに、うっすらと弁天の寅蔵の姿も覚えていたし、自分の親方である龍五郎についての事情をわかっていた。

熊吉が亡くなった後、目黒に小海の茂吉というやくざ者が舞い戻ってきた。

茂吉は以前、熊吉に痛い目に遭わされ、目黒にいられなくなった悪党である。

いつか意趣返しをしてやろうと、彼は密かに熊吉をつけ狙っていたのだが、思いの外あっけなく病死してしまったので、怒りの矛先を〝金熊屋〟に向けた。

店の顧客にあらゆる嫌がらせをして、〝金熊屋〟の商売に障りが出るよう仕向けたのだ。

当然、龍五郎と寅蔵は茂吉一味に立ち向かった。

しかし、下手に暴れてしょっ引かれるようなことになれば、相手を利するだけである。

時を決めて、二人で殴り込みをかけることにした。

「お前とはまだ喧嘩の決着がついちゃあいねえが、目黒の龍虎が力を合わせりゃあ、どうってこたあねえや。目指すは茂吉の首ひとつだ。奴を殺っちまったら、そこで別れよう。それぞれ逃げて、いつかどこかでまた会って、決着をつけようじゃあねえか」

と、話はまとまった。

口入屋と米屋に分かれてからも、何かというといがみ合っていた二人であったが、誰よりも互いの俠気を認めていたのである。

「で、どうなったんだよ、政さん！」

居酒屋の客達は一斉に身を乗り出した。

お夏と清次も耳を傾けていた。

「それが……、二人で殴り込むはずが、弁天の寅蔵は町から消えちまったのさ」

政吉は静かに言った。

「何だって……？」

「敵もさる者だ……」

寅蔵には、生き別れになっていた父親がいたのだが、茂吉はこれを捜し出して人質にとって、密かに寅蔵に、

「黙って町から出て行きな」

と迫ったのである。

龍虎が揃えば手強(てごわ)いが、龍五郎一人ならどうってことはないと思ったのであろう。

寅蔵は予々(かねがね)、自分と母親を泣かせ続けた父親を恨んでいた。茂吉の手に落ちたのも、博奕(ばくち)の借金を肩代わりしてもらうためであった。

「あの野郎、世話になった熊吉の親方よりも、そんな親父(おやじ)が大事なのか」

龍五郎は激怒した。そして、かくなる上は自分一人でやってやると息巻いた。

お結は、寅蔵を責めてはいけない、米屋などくれてやってもよいのだから、馬鹿なことだけはしてくれるなと龍五郎を戒めたが、彼は肚(はら)を決めていた。

ところがその矢先、目黒から白金、高輪(たかなわ)辺りを縄張りにする御用聞き・三尺の卯(う)兵衛(へえ)が、故買(こばい)の罪で茂吉を捕え、そこからあれこれ余罪が暴かれた茂吉を島送りに追い込んだ。

そうして真に頃合よく小海の茂吉一味は散り散りとなり、目黒に平和が訪れた。

龍五郎は、熊吉の跡を継ぎ、悪戦苦闘しながら口入屋を始めて今に至る。

龍五郎は、後家となったお結を日々気にかけ、目黒になくてはならない男となり、喧嘩相手はここ数年、居酒屋のお夏となっていた。

若き日に契り、娘まで生した女房とは、正式に夫婦となり、この女房とは十年ほど前に死別したものの、娘も嫁に出て、人としての丸みも帯びてきた。

しかし、ほとんど人に語ることはないが、

「おれは寅蔵の野郎だけは許さねえ。もし見かけるようなことがあれば、どうでもあの日の決着をつけてやるぜ」

その想いは今も持ち続けているようだ。

お結も、寅蔵を不憫に想ってはいるが、龍五郎の手前、彼の話は口にしないでいる。

だが、ここ数年は体の具合もよくない。死んだ亭主と共に目をかけ、かわいがってきた寅蔵に会ってみたいと心の内では思っていたに違いない。

それを察した〝真光堂〟の後家・お春が、昔馴染のお結のために、そっと寅蔵を捜し出し、龍五郎の留守を狙って、呼び出したのであろう。お夏に〝弁さん〟などと紹介したのも、寅蔵を覚えている者に配慮してのことなのだ。

お夏は話を聞くと、からからと笑った。

「あの〝真光堂〟の、小母さんお嬢さんが、そんなことを企んだとはねえ。おっとりしているようで、なかなかやるじゃあないか。一度会っただけだが、あの寅蔵って人は、二度と目黒に戻らないと心に決めていた人じゃあないのかねえ。そんな男に見えたが、それをここまで連れてくるとは、いやいや、あたしは見直したねえ……」

しかし、お夏の他は皆くすりともしなかった。

若い頃は暴れ者で、今は誰からも慕われる、ちょっと頑固な口入屋の親方――。

それ以外は何も知らなかった龍五郎に、そんな昔があったと思うと、何やら深い感慨に襲われたのだ。

それに、弁天の寅蔵が帰ってきたことで、何か騒ぎが起こるのではないかと、不安が募る。

「小母さん、こいつは笑っちゃあいられねえよ。うちの親方が留守の間に〝金熊屋〟のおかみさんに会って、そのまま帰ったとしても、とどのつまりは親方の耳に入るぜ」

政吉がしかつめらしい顔で言った。

口入屋の弟分である長助も横で頷いた。

居酒屋ではお夏と口喧嘩をしても、日頃は分別のある口入屋の親方として、町の者達に慕われている龍五郎である。

もう四十半ばを過ぎた親方を怒らせたくないという想いは誰しも同じであった。

「まあ、いずれは親方の耳に入るんだから、帰ってきたら、ここは政さん、あんたがまずうまいこと話しておくんだねえ」

お夏はニヤリと笑った。

「おいおい、おれが話すのかい？」

「黙っていて、余所から耳に入ると、何ですぐに言わねえんだと、それはそれで叱られるだろう」

「確かにそうだな……」

「今度のことは、お春さんが企んだんだから、お春さんから親方に、ことを分けて話してもらうんだね」

「なるほど、それは道理だ……」

客達は一様に相槌を打った。

若い頃の龍五郎は〝真光堂〟の若い内儀であったお春に、何かというと祝儀をもらって、寂しい懐をしのいだ恩義があるらしい。

寅蔵も、お春にだけは居処を報せていたようだ。

その事実から察するに、お春から、

「お結さんを元気づけてあげたかったのよ」

などと言われると、龍五郎も内心では、

――おれがいねえ間に、こそこそとあんな奴を呼びやがって。

と思いはしても矛を収めるに違いない。

もう二十数年経っているのだ。

「そうでしたかい……。奴は達者にしておりましたかい……」

などと渋い声で想いを馳せ、ろくでもない父親でも見殺しには出来なかった寅蔵の気持ちを汲んで、

「寅蔵の野郎も、この二十何年もの間、苦しんだのでしょうよ」

お結にはそのように言って、胸の内に収めるのではなかろうか。そして、

「〝真光堂〟のお内儀さんも、お節介なことをしてくれますねえ」

お春には軽く詰ってすますだろう。

「よし。まず親方が帰ってきたら『弁天の寅蔵って人について、〝真光堂〟のお内儀さんから話してえことがあるそうですぜ』と言って、この店で話してもらおう」

政吉は自分に言い聞かせるように唸ってみせた。

「どうしてこの店で話をするんだい？」

お夏は迷惑そうに言った。

「そりゃあ、ここならお内儀さんも、小母さんが傍にいるから心丈夫だろうよ」

「何かおかしな様子になったら、あたしが助け船を出せってことかい」

「頼むよ」

「嫌だね。あたしには関わりのない話じゃあないか」

「いやいや、手間をとらせることはないからさ。うちの親方も、小母さんといつもの口喧嘩を始めるうちに、気も鎮まると思うんだ。ねえ、清さんもそう思うだろ」

「清さんに聞いたって仕方がないだろう。あのおやじに八つ当りされたら堪ったものじゃあないよ」

「何を言ってるんだよ。八つ当りされたって小母さんは屁とも思ってねえだろ」

客達は、そうだそうだと相の手を入れた。

「だから、この歳になると口喧嘩も疲れるって言っているだろう！」

お夏はうんざりとした表情で叱りつけたが、とどのつまり龍五郎とお春が話す場は、ここしかないのだろうと諦めた。

しかし、龍五郎が政吉が考えるような分別を見せるかどうか知れたものではない。

どうもひっかかるお夏であった。

五

それから——。

政吉はよく働いた。

まず〝金熊屋〟にお結を訪ね、

「おかみさん、つかぬことを伺いますが、弁天の寅蔵さんが、こちらへおいでになりましたよねえ」

町で見かけた男が、幼い頃に何度か見かけた寅蔵に似ていたので気になったのだと、迫った。

　店では昔を知る者達が、お結に挨拶に来た寅蔵を驚きの目で見て、再会を懐かしんだのだが、

「不動の親方が留守でよかった」

「〝真光堂〟のお春さんは大したお人だ」

「早くから親方の相州への旅を摑んで、その間に寅蔵さんを呼んだのだからな」

　口々に言い合って、寅蔵の故郷帰りが、穏やかなうちに終ることを望んでいた。

　そこへ素早く龍五郎の乾分である政吉がやって来たので、一同に緊張が走ったのだが、

「後になって、自分の留守中に寅蔵さんが来たと知れば、親方もへそを曲げるかもしれやせん……」

　そこでまず自分がそれとなく龍五郎に話をして、それからお春に今度のことを報告してもらって、徐々に親方の気を鎮めた上で、お結から寅蔵への想いを話してもらいたいのだと説いた。

　お結に異存はなかった。

　昨日、寅蔵は何も言い訳をせず、お結に長年の無沙汰を詫びると、

「龍五郎には会って詫びてえところですが、何を言っても愚痴になりますし、奴を怒らせちまったら、皆さんに迷惑がかかりますから、そっとお暇いたしますでございます……」

そのように告げた後、お春に迎えられて店から立ち去ったという。

「あたしの体を案じて会いに来てくれた寅蔵の気持ちが嬉しくて、何も怒っちゃあいないと言ってやりましたよ。これであたしの気持ちも晴れました。会えてよかったと思っています。でも、龍さんにしてみれば腹が立つこともあるでしょう。ここは政さん、お前さんにお任せいたしますよ」

お結は、これからの人生を寅蔵には、昔に囚われずに過ごしてもらいたいのだと涙ながらに言って、

「お春さんにはお世話になりました……」

と、彼女への感謝を口にしたものだ。

「親方も、おかみさんの想いを聞けば、もうそれで気がすむでしょうよ」

政吉はそう言ってお結を元気づけると、すぐに〝真光堂〟を訪ねた。

「政さん、あれこれ気を遣ってくれたのね……」

お春は、政吉がお結を訪ねたと聞き、大いに喜んだ。

その後、寅蔵はお春に勧められて〝真光堂〟で一泊したが、今朝早くに取手に帰っていったという。

「もう少し、ゆっくりしていくように勧めたのだけどね……」

「左様でございますか……。だが、お蔭で、喧嘩にならずにすみますよ」

政吉は、お春から話を聞けば龍五郎も収まるだろうと、一息ついた。

お春は政吉の計画に賛同しつつ、

「わたしは、二人には会ってもらいたかったんだけどねえ……。寅さんは、何も悪いことをしていないのよ」

と、あの小海の茂吉との一件を思い出して、眉をひそめた。

昔を知るお春には、特別な想いがあるのであろう。

ともあれ、お春は政吉の尽力を称えて、

「お夏さんの店で親方と会えばいいのね。任せておいて。〝寅蔵の奴に会いたかった〟と、親方に言わせてみせるから」

と、胸を叩いたのである。

政吉は、ほっと一息ついて、その夜はお夏の居酒屋で、常連客達にこの日の成果を報せると、

「親方が帰ってくるのは、三日後の昼過ぎだ。そこでおれが、軽く話をふっておいて、ここへ連れてきて、〝真光堂〟のお内儀さんに会ってもらう。まあ親方も、ガキのようにいきり立つことはねえだろうが、皆がうまくおだててくれたら、親方の気持ちも落ち着くってもんだ。そこはひとつ、よろしく頼むよ」

そのように言って、酒を振舞った。

「任せてくんなよ」

「いつも世話になっている親方のことだ」

「嫌な想いはしてもらいたかあねえからな」

客達は口々に言って、お春同様胸を叩いて、政吉を喜ばせた。

「小母さんも、いつものやつを頼んだよ」

「何だい？　いつものやつって」

「ちょっとした憎まれ口さ」

「品書きみたいに言うんじゃないよ」

「小母さんといつもの口喧嘩をするうちに、親方は昔の嫌なことが、頭の中から消えていくだろうからねえ」

「まずその場は消えちまうかもしれないが……。あたしはそんなものでごまかしても、親方の胸の内はどこまでもすっきりとしないと思うがねえ」

「そんなら小母さんは、どうすればすっきりすると思うんだい？」

「親方がいる時に寅蔵さんを呼んで、昔の決着をつけるのが何よりじゃあないのかい」

「おいおい無茶なことを言わねえでくれよ。そんなことになったら、親方は果し合いをやってやろうじゃあねえかと言いかねねえや」

「好いじゃあないか。留守を狙われて、こそこそ自分の縄張りを動き回られたと知ったら、どんなに宥められたってすっきりはしないよ。それよかここで決着をつけたらいいのさ」

「小母さん、うちの親方はもう五十に手が届くって歳だよ」

「いくつになったって、男の想いは変わらないと思うがねえ」

「そうかもしれねえ。だが、それをさせねえのが、周りにいる者の務めじゃあねえ

「弁天の寅蔵さんは、今じゃあ取手の宿で船人足の束ねをして立派に暮らしている。そうして、〝龍五郎に合わせる顔がねえ〟と悔いている。だが、恩ある人が近頃体の具合を悪くしていると聞いて、そっと会いに来た……。そんなお人を捕まえて、果し合いなんて馬鹿げているぜ」

「なるほど、好い歳をして殴り合いの喧嘩をするのは馬鹿だということかい」

「そりゃあ馬鹿だろう。体に障るじゃあねえか」

「政さん、あんたも考え深くなったんだねえ……」

「ははは、からかわねえでおくれよ。とにかく頼んだよ……」

か」

「そうなのかねえ」

六

そして、いよいよ不動の龍五郎が旅から帰る前日となった。

政吉はこの間も、お春との打合せに余念がなく、お夏の居酒屋の常連客肝煎である親方の代役をしっかりと務めていた。

方々で、

「政さんも、何やらどっしりとした貫禄がついてきたねえ」

などと言われて、彼は心地がよかった。

「皆、何度も言って申し訳ねえが、明日はよろしく頼むよ。おれはいつか親方が、昔のことを笑い話にして、寅蔵さんとこの店で酒を酌み交わす……、そんな日がくることを願っているのさ」

政吉は、この日もお夏の居酒屋に来て、客達に願いごとをしては、悦に入っていたのである。

お夏はそれを、どこか冷めた目で見ていた。

政吉もお春も、まだ人としての青さを、心と体の片隅に残している初老の男についての見方が甘いのではないか——。

日に日に強くなる初夏の日射しを浴びつつ、旅から帰り来る龍五郎の五体五感に、弁天の寅蔵の面影がいかなる火を点けるのか。

それは他人の理屈で読み取れるものではなかろう。

そして、迷惑をかけずに、自分の暮らしに戻ろうと目黒を去った寅蔵は、今何を考えているのであろうか。

そんなことに想いが至ると、お夏は何故か激しい熱情に襲われるのだ。

落ち着かぬ心は、お夏の体内に胸騒ぎの予感となって沸き立っていた。

店では明日の龍五郎のことで、盛り上がりを見せていたが、ようやく辺りが夜の色に染められ始めた時、この賑わいが一気にしぼんだ。

お夏の胸騒ぎが、見事なまでに形となって表れたのである。

いきなり、縄暖簾を潜って不動の龍五郎が入ってきたのだ。

どうやら一日予定が早まったらしい。

「親方……」

政吉はすっかり段取りが狂ってあたふたとした。

明日の昼過ぎくらいに、目黒不動門前の口入屋へ戻ってくる龍五郎に、政吉が小出しに寅蔵の話を持ち出し、お春が待つ居酒屋へと連れていく。

そこでお春がことを分けて話をして、寅蔵が戻ってきたという事実を龍五郎に伝える。

そういう筋書が、いきなり変更を余儀なくされたのだから無理もない。

こうなったら、よい折を見て弟分の長助をそっと〝真光堂〟まで走らせ、ここへお春を呼び出すしかなかろう。

さて、自分は何として話を切り出そうかと思案して、

「親方、一日早え(はえ)お着きで……。まず一杯やっておくんなせえ」

とにかく酒を飲ませようとしたのだが、

「政吉……、弁天の寅蔵が、〝金熊屋〟のおかみさんに会いに来たそうだな」

龍五郎は険しい表情で言った。

居酒屋の内は、水をうったように静まりかえった。

「親方……、〝金熊屋〟さんに行ったのですかい……」

政吉は、しかめっ面で訊ねた。

「ああ、帰ったその足で訪ねたのよ」

「左様で……」

「すると、おかみさんは何やら驚いた顔で、〝もう政さんと、お春さんから、話を聞いてくれたのかい〟と言いなすった。それで、何の話ですかいと訊ねたら、〝寅

蔵が会いに来てくれた話ですよ〃と言って、思わずあっと口を塞ぎなすった……」

「なるほど……」

「なるほどじゃあねえや！　政吉、手前は寅蔵の姿を見かけて、野郎が目黒に戻ったと気がついたんだろう。どうしておれが帰ってくるまでここに押し止めなかったんだ！」

龍五郎は怒りを爆発させた。

「お、親方、あっしはよく寅蔵さんの顔を覚えていませんでしたし、その……」

「やかましいやい！　おれが帰ってきたら、まずうまく宥めて、それから〃真光堂〃のお内儀さんに引き継ぐつもりだったんだろう！　勝手な真似をしやがって」

「いや、あっしはその、よかれと思いまして……」

「何がよかれだ！　おれをないがしろにしやがって！」

哀れ政吉は、おろおろするばかりであった。

そもそも政吉は、龍五郎と寅蔵の因縁を傍で見て知っているわけではない。

まったくのとばっちりであった。

客達も、龍五郎の剣幕に、おだてる言葉も見つからず、はらはらとして成り行きを見守るばかりであった。

——まったく、間が悪いったらありゃしないよ。

さすがにお夏と清次は、こんな時でもまったく慌てはしなかったが、お結と龍五郎の嚙み合わないやり取りを思うと失笑を禁じえなかった。

お結はきっと、彼女なりに龍五郎、政吉、お春の行き違いに気付き、寅蔵と会えてありがたかった、怒ってはいけないと、龍五郎に想いを伝えたことであろう。

しかし、興奮した龍五郎は、お結の言葉が耳に入らず、話もそこそこにお夏の居酒屋に直行したのに違いない。

旅の供をした千吉は、まだ使いっ走りの駆け出しであるから、わけがわからず、ひたすら目をしばたたかせるばかりであった。

お夏も、おもしろがってばかりはいられないと、

「ちょいと静かにおしよ。あたしには何のことだかさっぱりわからないよ。何が起こったか話してごらんな」

ついに間に入った。

「何のことだかわからねえだと？　婆ァ、手前もおもしろがって一丁嚙んでいたん

じゃあねえのかい」

龍五郎はそれでも収まらなかった。

彼にとって、寅蔵との因縁は、他人が察することなど出来ない深いものなのであろう。

「親方、落ち着いてくださいな……」

そこへ、お春が息を切らしてやって来た。

長助を行かせるまでもなく、〝金熊屋〟のお結が、龍五郎が出て行った後、気を利かせてお春の許に遣いをやってくれたようだ。

「お内儀さん……。ひでえじゃあねえか。あっしがいねえ間に寅蔵を呼び出すとは、どういうことなんです」

いつも、お春には〝お内儀さん〟と、姉を慕うように接していた龍五郎であるが、今日は目に涙さえ浮かべ、強い口調で言った。

「親方にとっては許せない相手でも、わたしとお結さんにとっては、生きている間に会っておきたい相手なんですよ」

「会っておきたい相手というなら、あっしだって同じでさあ」

「それは、親方が喧嘩で決着をつけたいから寅さんに会いたいのでしょうよ」

「奴と喧嘩しちゃあいけませんかい」

「あんた今いくつになったの？」

「いくつになろうが、男ってえのはつけなきゃあならねえけりってもんがあるんですよう」

龍五郎はどこまでも引かなかった。

長い歳月を経て、龍五郎も寅蔵を懐かしがり、彼への理解を深めているのではないかと、店の客は誰もが思ったが、龍五郎は予想に反してそんな風に人間が枯れていなかったのだ。

お夏だけが龍五郎の想いをわかっていたとは皮肉な話であった。

「親方は、あの時、寅さんが逃げてしまったことが今でも許せないのでしょうけど、あれには深い理由があったのよ……」

日頃はおっとりとしているお春が、この店で初めて見せる険しい顔で、じっと龍五郎を見た時、居酒屋にはさらなる驚きが生まれた。

そこに弁天の寅蔵がいたのであった。

「お内儀さん、もういいですよう。龍五郎、あん時はすまなかったな」

そして、突然のことに目を見開いている、お春と龍五郎を交互に見つめたのであった。

「寅さん、あんたどうしてここに……」

「取手に帰ろうと思ったんですがねえ、目黒に戻りながら龍五郎に会わずに帰っては、やはり後生が悪うございまして、引き返して参りやした……」

「好い分別だぜ寅蔵。お前、戻ってきたからには、おれとの決着をつけるつもりなんだろうな」

「お前との決着か……」

「忘れたとは言わせねえぞ。あの日、大圓寺で勝負がつかねえままに終った喧嘩の続きだよう」

「もちろん覚えているよ」

「好い歳をして、喧嘩などするつもりはねえと、年寄りくせえことを言うんじゃあねえだろうな」

「ふふふ、見くびるんじゃあねえや。あの日逃げちまったのは、理由があってのことだ。手前がいつまでもぐずぐずぬかしやがるのなら、喜んで相手になってやるぜ」

「へへへ、それでこそ弁天の寅蔵だ。長年の胸の支えがこれでとれそうだぜ」

「分別のある大親分になっているかと思って遠慮していたが、相変わらずの馬鹿で嬉しいぜ」

「もっと早いとこ確かめに来やがれ。どこまでものろまな野郎だぜ」

二十年以上昔のやり取りが今蘇る。

龍も虎も、爪と牙を失くしてはいなかった。

互いにそれを知った今、二人は悪童のような悪戯な笑みを浮かべていた。

「ちょっと、二人共何を言っているのよ！」

お春は呆れ果てて叫んだが、

「たとえ世話になったお内儀さんでも、ご意見は無用に願います」

龍五郎はそう言って、お春に頭を下げた。

寅蔵もこれに倣う。

店にいる男達は、馬鹿なおやじ達だと思ったが、言い知れぬ感動に襲われていた。

もう大人なのだから、分別を身につけろ――。

至極まっとうな意見である。そうでなくてはいけない。男はある時からそう言われる。

しかし、それは歳と共に、あらゆる闘いで傷つくことを恐れ、己が感情を分別という言葉で封じ込める方が楽なのだぞと、頭を撫(な)でられているようにも思える。

いくつになろうが、若き日に残してきてしまった、誰にも譲れぬ意地やこだわりを自分の手で取り返す。

人から馬鹿だと言われようが、傷つくことを覚悟でぶつかり合う五十前の男二人。

それを目の前にすると、理屈抜きに血が躍ってくるのだ。

こうなると、どうしていいのかお春にはわからない。

唯一人の同性であるお夏に、困った顔を向けるしかなかった。

近頃は貫禄がついたと言われる政吉でさえも、この場を収めるのには力不足であった。

「こいつはおもしろい！」

ここでお夏が声をあげた。

「いくつになったって、男は男だねえ。口入屋、こうなったらあたしが死水を取ってやるよ」

「馬鹿を言うねえ、死ぬのはこの野郎だよ」

「てやんでえ。龍五郎、おれは手加減しねえからな」

「手加減などしやがったら、ただじゃあおかねえからな」

「よし、そんならどうする」

「明日の夕刻に大圓寺でどうだ」

「そいつは懐かしいぜ」

「婆ァ！　お前が立会人だ」

「あたしが？　勘弁おしよ」

「寅蔵、それでいいかい？」

「ああ、この女将は頼りになる人のようだ」

「とんだとばっちりだよ。そんならあたしが観ていてあげるから、心ゆくまでやりゃあいいさ。勝負はどちらかが立てなくなるまで。寅蔵さんは、今宵はここで預かるよ」

「こいつはかっちけねえ。龍五郎、今度は逃げたりしねえから安心しな」

「お前のくそ親父はあれからすぐに、卒中でくたばったってえからな」

「さあ、そんなら明日が楽しみだねえ。こっちも商売にならないから、今日はもう店を閉めさせてもらうよ。皆、帰っておくれな」

お夏は、客を追い出しながら、お春の傍へと寄って、

「止(や)めさせたいなら、果し合いの刻限までに何か好い案を考えるんだね」

と、囁(ささや)いた。

「そうね。わかったわ……」

お春は、ぱっと顔を赤らめた。ひとまず二人を分けて、明日の対決前に説得してやろう。

お夏はその間を拵(こしら)えてくれたのだと思って、

「ありがとう、迷惑をかけましたね」

お春はお夏の手をぎゅッと握ると、供の作造を従えて、居酒屋から立ち去った。

龍五郎は、寅蔵にひとつ頷いて、

「よく帰ってきてくれたな。おれはずうっとお前と決着をつけたくて、すっきりと

しねえ日をここで送っていたのさ」

と、声をかけた。

「お前に合わせる顔がねえ……、そう思っていたからよう」

「それとこれとは話が違うぜ。どっちが強えか……。ずうっと言われ続けたおれとお前だ。その決着を置いたまま、あの世へは行けねえじゃあねえか」

「そう思ってくれたならありがてえや」

寅蔵もひとつ頷いて二人は一旦別れた。

七

お夏の居酒屋に一人残った寅蔵は、空豆で二合ばかり酒を飲み、熱い味噌汁に玉子を落して、しっかりと飯を食べた。

「おれがいねえ間、女将さんが奴の喧嘩相手を務めてくれたそうで……」

そして、その間にぽつりぽつりと話をした。

「喧嘩相手ねえ。ふふふ、あんな奴、あたしの敵じゃあありませんよ」

「そいつはいいや。奴は、いつも誰かに憎まれ口を叩いていなけりゃあ、気がすまねえ野郎でね。考えてみりゃあ、奴と仲よく並んで酒の一杯も飲んだことなど一度もなかったような気がするよ」

「同じ席で飲んだことはあるんでしょう」

「ああ、熊吉の親方に誘われりゃあ、飲まねえわけにはいかねえから……」

しかしそんな時も必ず、

「おう、どっちが酒が強えか飲み比べといこうじゃあねえか」

「よし、どっちの芸がおもしれえか、親方に決めてもらおうぜ」

とにかく何でも対決したがったらしい。

「お前との決着はまだついていねえからな」

そして、それが合言葉となっていた。

「熊吉の親方が死んじまった時、これでいよいよお前とも決着をつけられるぜ、なんて言ったものだが、決着をつけちまえば、競い合うこともなくなっちまう。まだ一人前とも言い切れねえおれ達は、それが不安でねえ……」

そんな時に目黒に現れたのが小海の茂吉であった。

茂吉は金貸しなどをしながら、人の弱みにつけ込む強請やたかりを繰り返し、〝金熊屋〟の得意先に脅しをかけ、店の商いが立ち行かぬようにし始めた。

——あの悪党は許せねえ。

二人は力を合わせて、これに立ち向かった。

「そん時に、ふと気がついた。考えてみりゃあ、おれの仲間と言える男は、龍五郎だけだったんだと」

「親方も、そう思ったんでしょうねえ」

清次が言った。

「二人で茂吉の乾分達に因縁をつけて、散々ぱら殴りつけてやったよ。だがそこからがいけねえや。小海の茂吉をなめていたら酷えしっぺ返しがきやがった……」

そう言うと、長い沈黙の後、

「おれが目黒からいなくなったのは、龍五郎も仕方がなかったと思ったはずだ。だが、奴にしてみれば、これほどすっきりしねえ別れ方はなかったんだろうよ。寅蔵の野郎は許せねえ。そう思わねえといてもたってもいられなかったのに違えねえ。いつか奴をすっきりとさせに行ってやろう。おれもそう思っていたんだが……」

「それで、お春さんにだけは繋ぎをとっていたんですねえ」

お夏が訊ねると、

「ああ、それが、今頃になっちまったよ……」

寅蔵は苦笑いを浮かべて、

「だが、よかったよ。この町にこんな好い居酒屋ができてよう。明日は迷惑をかけちまうが、よろしく頼んだよ」

お夏と清次に片手拝みで、板場の奥の小部屋に入ると、朝を迎えた。

清次が干物に玉子焼き、豆腐の味噌汁を拵えて出すと、

「龍五郎の野郎、こんな気の利いた店の常連を気取りやがって、まったく頭にくる野郎だよ……」

うまいうまいと大ぶりの茶碗に二膳平げると、

「この町も見納めになるかもしれねえから、ちょいと一廻りしてから大圓寺に行くよ。なに、逃げたりしねえよ」

小さく笑って、二分ばかりの金を置いた。

「こいつはほんの気持ちだよ」

寅蔵はそれから、目黒不動を参り、金毘羅大権現社へ足を延ばし、約束の刻限に大圓寺の荒れた境内へ入った。

すると、不動の龍五郎が悠然として彼を迎えた。

「寅蔵、よく来たな……」

気合十分の彼の周りには、政吉、千吉、長助達口入屋の者に、乙次郎、為吉、源三といった居酒屋の常連客達が見物に来ていた。

いざという時のために、町医者の吉野安頓が出張って小床几に腰をかけて、行方を見守っている。

さらに立会人を務めるお夏は、珍しく黒羽織などを肩にのせて、景気付けに持ってきたのであろう、清次の手には酒徳利が二つ握られていた。

「おいおい、ここの連中は皆、めでてえ奴らばかりだなあ、働きにも行かずに喧嘩見物かい」

寅蔵は楽しそうに言った。

「取手にはこんな馬鹿はいねえだろう。ざまあ見やがれ」

「へへへ、人様に手前の馬鹿を移すんじゃあねえや」

どっちが強いか決着をつけてやろうと喧嘩になった若き日も、こんな軽妙なやり取りから、始まった。

襷をかけるわけでもない、尻からげをするわけでもない。着流しで素足に雪駄ばき、ちょっと鯔背な姿のままで勝負するのも昔と同じだ。

「さてと、そんなら始めるかい……」

お夏がつつッと前に出た。

この〝くそ婆ァ〟の貫禄はどこからくるのだろうかと、今さらながら見物の衆は感じ入る。

「お春さん、止めるのなら今の内だよ」

お夏は、その間をお春に与えた。

昨夜から今まで、お春は何としても二人の馬鹿げた喧嘩を止めようかと腐心したものだが、今日はやはりこれしかないと、ある決意をもってこの場にやって来たのである。

「留女に来ましたよ」

彼女はちょっとした自信さえ覗かせて、龍五郎に向かって、

「親方、決着をつけるなんて馬鹿なことをしたら、後で悔やみますよ……」

強い口調で言った。

「いってえ、何のことです」

龍五郎は静かに訊ねた。

「小海の茂吉は、三尺の卯兵衛親分に、悪事の証拠を摑まれて島送りになったわねえ」

「へい……」

「でも、それは寅蔵さんのお手柄だったのよ」

「ちょいとお春さん……」

寅蔵は、今さらの話だとお春を窘めたが、

「三尺の親分は、わたしにだけ話してくれたのよ」

あの一件は、ある夜茂吉の姿を認めた卯兵衛がその挙動に不審を覚えたので問い詰めると、盗品売買の書付を所持していたのがわかり、卯兵衛が番屋まで連れて行き、奉行所の調べを受けるに至ったと、表面上はなっていた。

だがそれは違っていた。

匕首を手に茂吉を闇討ちにして、足に大怪我を負わせた寅蔵が書付を奪い卯兵衛に手渡したのであった。

寅蔵は、ろくでもない生き別れの父親を茂吉の質にとられ、目黒から出て行けと脅された。

止むなく茂吉の言う通りにしたが、なびいたと見せかけ姿を消して、隙を衝いて襲いかかったのだ。

この時、茂吉には乾分が二人付いていたが、茂吉が血まみれになって倒れたのを見て逃げ出した。

「た、助けてくれ……、命ばかりはとらねえでくれ……。金ならやる……」

泣き叫ぶ茂吉が、懐の財布を取り出した時、何通かの書付が出てきた。

それが盗品売買の証文で、

「命ばかりは助けてやるぜ……」

寅蔵はすぐに、三尺の卯兵衛の家へ駆け込むと、書付を上がり框に並べ、茂吉が倒れている所を告げ、再び駆け去りそのまま旅に出たのだ。

とどのつまり、寅蔵は茂吉の悪事を暴いたことになるが、書付が出てきたのは偶然で、寅蔵は明らかに茂吉を殺すつもりで大怪我を負わせたのだ。このままですむとは思えなかったのであろう。

卯兵衛は役人に報せた上で茂吉をしょっ引き、余罪を調べると茂吉の悪事は次々と露見し、遂には島送りとなった。それでも卯兵衛は、寅蔵は父親を守って目黒を出たということにしておいた。

後になって茂吉の仇(かたき)を討とうとする者が出てくるかもしれないし、ひとまず表向きには伏せておく方が、無難だと思ったのだ。

しかし、卯兵衛は後年、お春にだけはこの事実を伝えておいた。

目黒の龍虎は、何故かお春には頭が上がらないことを卯兵衛は知っていた。そして、金毘羅の熊吉亡き後、龍五郎と寅蔵が衝突するかもしれないという懸念を、彼は予々抱いていたゆえ、寅蔵が町を出たのはよかったと考えていた。

とはいえ、龍五郎は寅蔵の裏切りに激怒していた。いつか寅蔵を追いかけ廻して落し前をつけようとするかもしれない。

自分が死んだ後、龍五郎がそんな動きを見せた時は、

「お春さん、すまねえが、あんたが龍五郎を宥めてやってくんな。〝金熊屋〟のお

かみさんは、龍五郎と寅蔵とは肉親のような間柄だから、どちらにも付けずおろおろするだろう。そっとしておく方が好い。そんな気がするのさ」

　そのように伝えた。寅蔵は卯兵衛の前から走り去る時、

「親分、このことはゆめゆめ龍五郎には言わねえでいておくんなせえ。あっしはろくでもねえ父親を恨みつつ、とどのつまりは見殺しにもできず、茂吉の言いなりになって町を出た。それでいいのですよ」

　強く願ったという。

　卯兵衛はその想いを受け止めてやった。そしてこの話をお春に打ち明けてから一年後に彼は六十でこの世を去ったのである。

　それからさらに十年以上経つが、龍五郎は寅蔵への腹立たしさは、ずっと持ち続けたものの、寅蔵の居処を捜しあて、落し前をつけようとまではしなかった。

　拾い上げてくれた熊吉を偲び、世話になったお結への義理を欠かさず、後家になったお春を未だに〝お内儀さん〟と慕い、ここまできた。

「でも、ここでこうして、二人が果し合いをするというのなら、わたしも知っていることをそっくり吐き出させてもらいますよ。親方、これでもまだ寅蔵さんを殴っ

たり蹴ったりできるというの？」

お春は歯切れよく〝留女〟を演じた。

日頃はのほほんとした彼女の勢いと、寅蔵についての事実が明らかとなり、一同は深く感じ入った。

龍五郎も何度も相槌を打って聞き入っていたが、

「お内儀さん、こいつがあん時何をしたかは、とっくの昔にわかっておりましたよ。だから許せねえんだ」

やがて、低い声で応えた。

「だから許せない……？」

「二人で茂吉をやっちまおうと誓ったってえのに、寅蔵はおれを出し抜きやがったんですぜ。そいつが許せねえんでさあ……」

「え……？」

お春には龍五郎の怒りがわからない。

寅蔵はしみじみとした口調で、

「龍五郎、お前の怒りはよくわかる。だがなあ、親父のことでなびいたと見せた方が、奴に隙が出ると考えたんだよ」

と言った。

「やかましいやい！　そんなものは二人で考えりゃあいくらでも知恵が出たはずだ。手前(てめえ)は浅はかな考えで、勝手に絵を描きやがったんだ。そうだろう！」

「おれはこの町が好きだった。だからよう、お前には町に残ってもらいたかったのさ。お前が残った方が、おれよりも〝人様のお役に立つ〟と思ったからよ」

「黙りやがれ」

「それが熊吉の親方の教えだったじゃあねえか。おれは正しかったぜ。ここに集まっている人を見ていて、そいつは確かなものになったぜ。あん時のおれの分別は間違ってはいなかった」

「抹香臭えことをぬかすんじゃあねえや。つまるところ、手前(てめえ)は恰好をつけて、おれを出し抜きやがったんだよう」

「そうかもしれねえな。だからよう……」

「何でい」

「こうして、決着をつけに来たんじゃあねえか。好い歳をした男が、お前の馬鹿に付合うんだ。ありがたく思いやがれ」

「よし！　それでこそ弁天の寅蔵だ！」

「ちょっとお待ちなさいな。何を言っているの？」

お春は、とっておきの言葉で収めようとしたのに、男二人はますます調子に乗っている。

お夏はお春の袖を引いて、

「お前さんはよくやったよ。だがこいつはもう収まりそうにないから、決着をつけさせておやりな」

彼女を宥めた。お夏の目はお春に、

「どうにかなるよ」

と、語りかけている。

「わたしにはもう手に負えませんよ。お夏さん、あなたが立会人ですから、後はお任せしますよ」

お春は、お夏に預けておけば何とかなるだろうと思い直して、すごすごとその場から引き下がり、吉野安頓と代わって小床几に腰をかけた。

一旦帰って終った頃に居酒屋に顔を出そうかとも思ったが、

――意地でも見届けてやる。

と、止まったのである。

お夏は涼しい顔で、

「今日は好いものを見せてもらいますよ。こうなったらとことんおやりな。いくつになったたって男の意地を貫き通す。皆も見倣ってもらいたいもんだ」

龍五郎と寅蔵を持ち上げると、

「だがねえ、五十に手が届こうかっておやじ二人だ。ちょいと景気をつけてからでないと照れくさいはずだ。これはあたしからの振舞酒だ。とっておきのを選んでおいたから、まずぐっとやってから勝負しておくれよ」

清次は、持参した酒徳利二つを両手に掲げてみせた。

「こいつはありがてえや。寅蔵、ぐっとやってから勝負だ」

「いいねえ。前にお前と喧嘩した時も、景気付けにぐっと引っかけたもんだぜ」

龍五郎と寅蔵は、武者震いがしてきた。

酒で気を落ち着けるのは願ってもない。

「よし！　ぐっとやったら徳利を投げ捨てて決着をおつけなさいな！」

龍五郎と寅蔵は、清次から徳利を受け取ると、互いに頷き合ってから、これをぐっと胃の腑に流し込んだ。

「ああ、きつい酒だ……」

「龍五郎、酒に弱くなったか」

「おきやがれ！　いくぞ！」

「おう！」

二人は徳利を投げ捨てて、ぶつかり合った。

初めは互いに間をとって、龍五郎が寅蔵の頬げたを張れば、寅蔵は龍五郎の腹を蹴って再び間をとる。

「龍五郎！　手前（てめえ）の拳も弱くなったな！」

「うるせえ、お前の蹴りは何だ！　足が上がってねえじゃねえか！」

口喧嘩も堂々としていて、

――これが男同士の本物の喧嘩だ。

見物している者達は、感激したものだが――。

「おう、寅蔵、どうした、かかってこいよ……」

「龍五郎、お前こそ足がふらついているぜ……」

「違えねえ……。何だこいつは……」

「どうやら、酒のせいだぜ……」

　やがて互いに足がふらつき始めた。

　二人が飲んだ酒は、火が点くような強い焼酎であった。

　それなのに飲み易く、喉ごしがよいのでぐっと飲んでしまう、幻の銘酒〝乱れ酒〟だ。

「婆ァ！　はかりやがったな！」

　龍五郎は、やっとお夏の悪戯に気付いて声を張りあげた。

「何を言ってるんだい！　とっておきの酒を飲ませてやったのに文句を言うんじゃあないよ！」

　お夏の怒声が廃寺の境内に響き渡る。

「ほらほら！　喧嘩の相手はあたしじゃあないだろ。しっかりおやりよ！」

　見物の衆は、一斉に笑みを浮かべた。

ふらふらになった両雄が、実にゆったりとした動きで組み合ったり、殴り合ったり——。

「ほほほほ、二人共頑張って！」

お春は少女のように笑った。

「龍五郎……」

寅蔵は組み合いながら囁いた。

「何でえ、酔っ払えが」

「ありゃあ、大したくそ婆ァだな」

「そうなんだ。あの婆ァには敵わねえんだ……」

「お蔭で好い心地だぜ……」

二人は、やがてもつれ合って倒れると、そのまま身動きが出来なくなった。

八

不動の龍五郎と弁天の寅蔵の勝負は、この度もまた決着がつかなかった。

それでも、酒に潰された決闘とはいえ、二十数年の時を経てぶつかり合ったのだ。お夏の居酒屋で、ひとまず打上げの宴を開いてもよかったが、酒に酔った上で対決した二人は、もうこれ以上飲んで騒ぐ気力もなく、龍五郎は目黒不動門前の家へ、寅蔵はお夏の居酒屋へ駕籠で運ばれた。

二人はその後、二、三日は顔を突き合わせ、次はいつ決着をつけるのだと、憎まれ口を叩きつつ、旧交を温めるのかと思ったが、寅蔵は翌朝になって、

「またそのうち戻ってくると、皆さんによろしくお伝えくだせえ。龍五郎の奴には、取手を訪ねてくれるよう伝えておくれな。女将、うめえ酒だったよ」

そう言って、実にあっさりと帰って行ったのである。

龍五郎にそれを伝えると、彼もまた実にあっさりと、

「そうかい。そのうちに取手に行くとしよう」

そう言ったまま何も話さなかった。

二十数年ぶりに会ったかつての喧嘩仲間は酔ってろくに決闘にもならなかったが、ぶつかり合ったことで、若き日の輝きを取り戻したようだ。

そして、互いの想いを確かめられた。

もうそれだけでよかった。

寅蔵も取手になくてはならない男になっているのであろう。

祭が終れば互いに元の暮らしに戻ればよいのだ。

龍五郎はお結に喧嘩の次第を伝え、お夏の居酒屋では、いつもの暮らしが続いていた。

しかし、不満を抱えている常連が一人――。

お春であった。

龍五郎と寅蔵から姉のように慕われていたお春の他に、二人の喧嘩を止められる者はいないと自他共に認めていた。

それが、龍五郎はとっくの昔に寅蔵の秘事に気付いていて、寅蔵が一人で好い恰好をしたことに腹を立てていたとは、お春の頭ではまったく理解出来なかった。

お夏が〝乱れ酒〟で二人をふらふらにしてしまったのには笑わされたが、とどのつまり、二人は怪我のない喧嘩で心をすっきりさせて、男同士心を通じ合わせて再び別れていった。

そこにお春の入る余地はまったくなく、お夏ばかりに好い恰好をされた感がある。

お春にしてみると、どうも納得がいかなかったのである。

「〝真光堂〟のお内儀さんにくれぐれもよろしく伝えておいてくんな」

そう言い置いて寅蔵が目黒から再び立ち去った日の昼下がり、お春はお夏の居酒屋で酒を飲んでうさを晴らしていた。

「まったく、男というのは馬鹿しかいないの？　親方と呼ばれて、人に頼られているのがあれよ、あとは推して知るべしですよ」

お春が酔っ払うと、声がますます若やいで、小娘が飲み慣れぬ酒に赤くなっている感がある。

「まったく、あれで決着がついたんですかねえ」

お夏は人形浄瑠璃を楽しむかのような目でお春を見つめると、

「決着がつかないのが、決着ってところじゃあないんですかねえ……」

と言って悪戯っぽく笑った。

「何ですそれは……、まったくわからない。人を馬鹿にしているわよ」

「そんなことはないよ」

「いや、馬鹿にしているわ。男の遊びには女を入れない……、なんて意地悪な子供みたいだわ」

「ふふふ、意地悪な子供ねえ。なるほど口入屋にはぴったりだ。でもねえ……」

「なあに？」

「二人共、お春さんには死ぬまで手を合わせ続けますよ」

「そうかしら？」

「ええ、神仏を拝むみたいにね」

「神仏を拝むみたいに……。ふふふ、勝手にすりゃあいいわよ。わたしはもう知らないから……。ああ、今日はお酒がよくまわるわ……」

「そうでしょうよ。その酒は〝乱れ酒〟だから」

「え？〝乱れ酒〟！　どうしましょう。随分と飲んでしまったわ……。ああ、もう駄目……」

「ちょいと、うそですよう。あらあら、酔い潰れちまったよ。お春さん、うそだよ……！　聞こえないのかい？　ああ、どうしてあんたはその歳になってそんなにかわいいのさ。何だか頭にくるよ。ちょいと、お春さん……！」

第二話　鰻と甘酒

一

醤油とみりんが混ざった垂れが炭火で焦げると、どうしてこう食欲がそそられるのであろうか。

「ああ、この香りだけで飯が食えるぜ」

お夏の居酒屋で客達がうっとりとした声をあげた。

この日は好い鰻が入ったので、清次がこれを背開きにして焼いているのだ。

清次は鰻の捌き方も巧みだし、垂れも上手に拵える。

夏場に精がつく鰻を、店でもっと出せばよいのだが、月に数度、好い鰻が入った時しか献立に加えない。

「こいつを拵えるのはなかなか面倒なんだよ」

客から注文が入ると、清次はそんな風に応える。

「それに、近頃は鰻も値が張るようになったしねえ。うちの店には似合わないだろう」

確かに、お夏の居酒屋にしては、大串百七十二文というのはそれなりの値段である。月に一、二度、うまい鰻を食べてもらいたいというのが信条なのだ。

しかし、理由はそれだけではないようだ。

清次は、鰻の辻売りをしている宗太郎の商売を気遣ってやっているらしい。

宗太郎は齢二十三。

「おれは、清さんの弟子だからね……」

と、自慢げに人に語っている。

清次としては、別段彼を弟子にしたわけではないのだが、貧しい棒手振りだった宗太郎は、

「おれは、いつか清さんみたいな料理人になって、こんなあったけえ居酒屋を、出してえと思っているのさ」

というのが口癖で、その手始めに鰻の辻売りを始めた。

それまで目黒界隈で辻売りをしていた男が、五十になったのを機に田舎に引っ込んでしまったので、

「それならやってみよう……」

自分にとって好機到来だと思い立ったのだ。

とはいえ、鰻の捌き方は難しい。やってみようとてすぐに出来るものではない。

一昔前なら、ぶつ切りにして、これを串に刺し、垂れをつけて焼くだけでよかったが、そういう下々の者の食べ物であった鰻の蒲焼も近頃では、ちょっと洒落たものになっていた。

上方では腹から、江戸では背から割き、大骨を除いた鰻の身を二、三寸に切ってそれぞれ串で焼くことが求められる。

棒手振りの合間に、お夏の居酒屋に飯を食べに来ていた宗太郎は、この店でも時折鰻の蒲焼を出すのを知り、

「清さん、おれに捌き方を教えてくれねえかい……」

と、思い切って願い出た。

宗太郎の夢を以前から聞かされていた清次は、
「なるほど、鰻の辻売りか。始めてみるのも好いだろうよ」
と言って、快く受け容れ、鰻を出す日は宗太郎を横に置いて、ひとつひとつこつを教えてやった。

これまでも、清次が料理する姿を食い入るように見ていた宗太郎は、上達が早かった。

辻売りは一串が二十文くらいの、誰もが口にし易い蒲焼を売るので、少々荒削りでも何とかなる。

垂れの拵え方も伝授してやり、やがて宗太郎は晴れて鰻の辻売りとして、商売を始めたのである。

店で出すものと辻売りでは、料理の質が違うとはいえ、あまりお夏の居酒屋で鰻を出せば、宗太郎の稼ぎに障りが出るだろう。

清次は、そう考えているのであった。

宗太郎は、料理の師の想いをありがたく受け止めていた。

その礼に、宗太郎は、お夏の店で鰻が出る日は、さらなる学びの意味を込めて、清次の仕事を手伝った。

腕を上げたとはいえ、まだ清次の代わりは務まらないが、串に刺したり、垂れにつけたり、火にかけたりするのには十分に役立つ。

この日も宗太郎は、清次の横にいて甲斐甲斐しく働いていた。

「宗さん、何をするのも随分さまになってきたじゃあないか」

お夏も目を細めた。

宗太郎は、荒くれ揃いの常連客達からもかわいがられている。

彼は、居酒屋からほど近い八幡宮の裏手にある小さな百姓家を借りて住んでいるのだが、それまでは、六軒(ろっけん)町の裏店(うらだな)にいた。

父親は何をさせても愚鈍な棒手振りであったが、顔立ちは整っていて、誰に対してもやさしかった。

宗太郎はそんな父親が好きで、幼い頃から父の商売に付いて歩いた。

父親似で愛くるしい顔をしていた宗太郎が傍にいると、客の目を引き、何でもよく売れたから、

「おれみてえなのろまに付いて歩いたって、ろくなことはねえよ」

父親はそう言いながらも、息子の献身を喜んで、天秤棒の担ぎ方を教え、路傍に咲く花や、草木の名を教えたりして、幸せそうに宗太郎を連れ歩いたものだ。

健気な宗太郎の姿は、目黒の大人達に愛され、貧しいながらも彼は幸せな幼少期を過ごしたのであった。

ところが、宗太郎が慕った父親は、彼が十三の折に亡くなってしまう。

母親は派手好きで、日頃は貧乏を嘆いてばかりいて、仲よく棒手振りに出かける亭主と倅をいつも冷めた目で眺めていた。

心やさしき宗太郎は、そんな母親でも、

「おれも、もう十三だ。棒手振りの仕事は覚えちまっているから、何も心配はいらないよ」

と慰め、一所懸命に働いて立派に母を養おうとした。

それにも拘わらず、母親はほどなく流れ者の男と引っ付いて、町から姿を消してしまった。

宗太郎は既に、自分の力で生きていけるようになっていた。

母親を養わないでもすむのだから、むしろ暮らしは楽になったと言えよう。

だが、まだ子供であった宗太郎には、母親に捨てられたという心の傷が残ってしまったことであろう。

その傷を癒さんとして、遊び呆けたとて仕方がないところだが、彼は心の闇を他人には見せず、黙々と棒手振りを続けた。

そういう宗太郎であるから、誰もが構いたくなる。

ヤマイモ、カボチャ、ナス、ゴボウ……。

主に野菜を売り歩く宗太郎が担ぐ籠は、すぐに空になるのだ。

商売の好調に飽き足らず、清次に憧れ居酒屋の料理人を目指し、まず鰻の辻売りを始めたいという宗太郎を、居酒屋の客達が応援したくなるのは当然の流れであろう。

青物を商うなら、町の女房達相手だが、鰻の辻売りとなれば、居酒屋の常連達の出番である。

辻で宗太郎を見かけたら、男達は必ず立ち寄って買ってやったし、師匠の清次にこうやってお礼奉公に来る姿を見かけると嬉しくなって、

「この店でも鰻、外でも鰻、宗さん、お前の顔が鰻に見えてくるよ」

などと、この日も宗太郎は、客達の人気をさらっていた。

「早く清さんみてえになれりゃあいいなあ」

「お前には、幸せになってもれえてえや……」

やがてしみじみとする客まで現れ、

「やかましいよ。あんたらは手前(てめえ)の幸せを考えな」

すぐにお夏にやり込められる。

お夏の居酒屋で鰻が出る日は、店の内はそんな人情に溢れ、やがて脂ののった鰻を口に運ぶと、客達はその味わいにたちまち無口になるのであった。

二

宗太郎が、客としてお夏の居酒屋に来るのは、決まって昼下がりである。

遅めの中食(ちゅうじき)をとりに来るのだが、その時に清次が夕べに備えて料理を仕込む様子を見学してから、また商いに出て、夜は自分であれこれ料理を拵えるのだ。

そうして迎えた朝は、昨夜(ゆうべ)の残り物でさっとすませてから、鰻を焼く。

江戸の辻売りは、予め串に刺して焼いた鰻を、岡持ちに入れて売り歩くのが一般的であるのだが、宗太郎はこれに一工夫を加えていた。

小さな七輪を持ち歩き、売る直前にこれで軽く炙るのだ。

酒も茶碗に一杯だけなら出すようにした。

あまり飲まれて酒盛りをされると場所を変えにくいし、絡まれても嫌だ。

「こいつは帰ってから、あっしが飲む分でございましてね……」

などと言って売るのだ。

辻で軽く鰻で腹を充たすのに、少しくらい酒も飲みたい。

そんな客には好評で、温かくて垂れの香ばしさが増す、蒲焼の添え物としてよく売れるようになってきた。

商売が廻り始めると、先々自分の店を持ち、そこで包丁を揮う楽しみがふくらんでくる。

真面目に商売に励むのもよいが、それでは、酒飲みの心を摑めまい。

酒はあまり好きでなくても、味を知っておくのは大事だと、思いもかけず早く売り切った時など、宗太郎はお夏の居酒屋へ飲みに行くようにもしていた。

常連達が押し寄せる少し前に店へ行き、なめるように酒を飲み、荒くれ達が来ると、挨拶程度に話をして、

「どうも、おやかましゅうございました……」

と、家へ帰るのだ。

この店では、お夏の目が行き届いているので、下手に付合わされたり、絡まれたりすることがない。

日々、己が夢に向かって精進を続ける宗太郎にとっては、お夏の居酒屋は実にありがたいところだと言えよう。

とはいえ、

「張りつめてばかりじゃあ身がもたねえぜ」

「お前はまだ若えんだ。たまにははめを外すのも大事だと思うがなあ」

と、真顔で意見をする者もいる。

宗太郎は素直な男であるから、人の意見には耳を傾けるものの、

「確かに仰る通りかもしれませんがねえ。あっしはその、はめの外し方がわからねえんですよねえ」

そんな時は恥ずかしそうに応える。それが本音であった。

「放っといてやんなよ」

お夏は、余計なことを言うなと、客達を叱りつけたいところだが、彼らの意見に悪気はない。

こんな時は、ニヤリと笑って見守ってやる。

すると清次が、

「はめの外し方なんてものは、わざわざ知ろうと思わなくていいさ」

宗太郎に耳打ちをしてやる。

それだけ今の暮らしが充実しているわけだし、遊びより仕事や修業が楽しい頃もある。

「人はそれぞれだからな」

清次にそう言われると、宗太郎はほっとした表情を浮かべ、また次の日からは、いつにも増して仕事に打ち込む。

生き生きとしている様子を見ると、意見をした客達も、余計なことだと、彼の真面目ぶりを笑って見るようになった。

しかし、常連客肝煎の不動の龍五郎は、

「宗太郎はよくできた男だぜ。皆も見倣わねえとな」

彼を称えつつも、

「ひとつ心配なのは、女だなあ……」

と洩らしていた。

その心配には二つの意味がある。

自分を捨てて男と逃げた母親のせいで、宗太郎は女を信じられなくなっている恐れがある。

ありきたりの考えかもしれないが、いつか食べ物を扱う店を持つつもりなら、板場で包丁を揮う宗太郎の横には女房がいて、二人で店を切り盛りし、子を生し、そこからまた新たな夢へ向けて精進してもらいたい。

それが、宗太郎を応援する者達の願いであろう。

母親に傷つけられたことで、一家を成すという想いが希薄になってしまっているのではなかろうか——。

と、気にかかるのだ。

それともうひとつの心配は、遊び足りない宗太郎が、性悪な女に引っかからないかという恐れであった。

「といってもよう。この居酒屋が、宗太郎の修業の場になっているから、おかしな女に引っかかることはねえか。ここにはおっかねえ魔除(まよ)けがいるからなあ」

お夏がいる限り心配することもないだろうと、この件については、いつもそこに話は落ち着くのであった。

しかし、龍五郎の心配は、なかなかに的を射ていたと言える。

頭の中には、清次のような料理人になりたいという夢しかないと思われていた宗太郎が、常連客達が気付かぬうちに、一人の女に心を奪われ始めていたのであった。

それは、いかにも純真な宗太郎らしい恋であったが、いささか彼には荷が重たい相手であったかもしれない。

三

その女は、お蝶(ちょう)という。

歳は二十五。宗太郎より二つ上だ。

お蝶は、太鼓橋の袂で小さな甘酒屋を開いている。

餅屋と笠屋に挟まれた、二間に充たぬ間口の店で、目黒不動への参詣客相手に、ほそぼそと営んでいるのだ。

着ている物も、前垂れも地味めで、化粧っ気はまったくない。

店の様子も鄙びていて、色気を売りにしていないので、参詣の道中、一休みして力をつけようという客には、立ち寄り易い甘酒屋といえよう。

店は居付で、元は老婆一人でしていたが、先頃ぽっくりと死んでしまって、お蝶が代わって、ここに住みついたのだ。

地味で女としてはいささかとうが立ったお蝶である。

日頃は無口だし、日が暮れ始めると、早くに店を仕舞うから、目立たぬ存在であるのだが、よく見るとそこはかとない色香が漂っていて、ちょっとした仕草には華がある。

あまり人交わりもないお蝶は、そういうところがかえって神秘的に映るからであろうか、そのうちに、

「おい、ありゃあどういう女だろうねえ」

「出戻りの女……、でもねえなあ」

「囲われ者か？」

「それにしちゃあ、化粧っ気がなさすぎるぜ」

「そうだな。男の出入りもねえようだ」

そんな風に噂をして、おもしろ半分に甘酒を飲みに店に立ち寄り、お蝶相手にあれこれ話しかける者も現れた。

あわよくば、〝お近付きになろう〟などと考えてのことだが、何を話してもさらりとかわされるし、なかなか正体を摑めない。

そのうちに、甘酒屋には時折、居酒屋の名物女将であるお夏が立ち寄るようになった。

日頃は陰気なお蝶も、お夏には笑顔を見せて、

「あら女将さん、寄ってくれるなんて嬉しいわ」

などと親しげに話すものだから、

「甘酒屋のことをあれこれ言うと、あの婆ァにどやされるぜ」

「触らぬ神に祟りなしだな」

と、おもしろがってお蝶についてあれこれ噂するのは止めるようになった。

お蝶は勘がよい。

行人坂を上ったところにある居酒屋には、口うるさい女将がいるが、その店に出入りする女の客は、女将のお蔭で、男達から守られていると耳にし、自分のような女は顔見知りになっておいた方がよいと思ったのかもしれない。

聞けば、稼ぎながら老いた親の面倒を見ねばならぬ女達は、お夏の居酒屋に菜を分けてもらいに行っているらしい。

お蝶も独り暮らしで、小さい店とはいえ、日々切り盛りしなければならない。

値段も安いと聞く。忙しい身にはありがたい。

毎日通えば、〝だらしない〟と思われるかもしれないので、三日に一度買い求めに行くことにした。

自分で拵えるよりも安上がりだし、小さな折箱を持参して、

「ここに菜をもらえますか」

と、お夏に差し出せば、

「あいよ……」

と、ただ一言で詰めてくれるし、余計なことは何も訊かない。

店の客達にじろじろと見られる心配も、噂に違わずまるでなかった。

二十五になる女が、一人でひっそりと甘酒屋をしながら暮らしているのだ。

それなりの事情は抱えている。

そこにまったく触れてこないお夏は、お蝶にとって真にありがたい人であった。

そして、顔馴染になると、時折ふらりと甘酒を飲みに立ち寄ってくれる。

煙草好きのお夏は、よく目黒不動門前に〝国分〟を買い求めに出るので、

「一休みにはちょうど好いよ」

と言って、甘酒を飲み、一服つけて出て行くだけなのだが、その度にお蝶はほっとするのだ。

自ずと菜を求めに行く時の表情も明るくなる。

彼女がお夏の店に行くのは、まだ常連達がかまびすしく押し寄せるには早い時分なので、

「暑くなってきたわねえ」

だとか、

「ここで買って帰ると、自分で拵えるのが馬鹿馬鹿しくなってしまうわ」

などと、お夏と清次に話しかけるようにもなった。

鰻の辻売り・宗太郎は、このところ商売が好調で、早く鰻を売り切るので、同じ時分に居酒屋に顔を出すことが多くなった。それゆえ、店の常連の中では誰よりもお蝶と顔を合わす客といえる。

もちろん、宗太郎は居酒屋に来る女の客を、おもしろがって眺めたりはしない。

そういう行いをお夏が何よりも嫌うことはわかっているからだ。

といって、同じ店で何度も顔を合わす者同士が、言葉を交わしたりするのを、お夏は嫌っているわけではない。

お蝶とは、互いの顔を覚えてからは、やがて会釈を交わすようになり、

「暑くなってくると辻売りも大変ですねえ」

先日は、店の表で鉢合せをして、お蝶に声をかけられた。

「いやあ、もう慣れっこでね」

すぐに言葉を返したものの、宗太郎はそれから落ち着かなかった。

なめるように飲む一合の酒が、この日は二合飲んでも胸の鼓動がなかなか収まらなかったのである。

宗太郎は、

「もっとお蝶さんと話してみたい」

と、思うようになった。

鰻の仕入れ先の連中に誘われて、遊里に足を運んだこともあるが、それも付合いだと、自分を戒めてきた。

そんな風にしっかりと前を見て生きている宗太郎に落し穴があるとすれば、

「まあ、女だろうな」

と、冷やかすものの、不動の龍五郎は、この居酒屋に出入りしていると、お夏という魔除けのお蔭で、まず性悪女に引っかかることもないだろうと、冗談半分に言ってくれた。

それならば、お蝶は〝魔除け〟にはじかれる類の女ではなかろう——。

そんな想いが胸の内をよぎった時、宗太郎は、いつしか自分がお蝶に恋をしていることに気付いたのである。

だが、宗太郎はその想いをどうすればよいか見当もつかなかった。

純真で、清次のような料理人になることしか頭にない若い宗太郎だが、十三の時から独りで生きてきた。

お蝶には、人に言えない悲しみや苦労があることくらいはわかる。

それゆえ、まさか自分のような若造がお蝶に心を奪われているとは、恥ずかしくて、他人には言えなかった。

宗太郎は、何ごとも真面目に、前だけを見て生きてきた。

それゆえ、恋というえたいの知れぬ感情に対しては臆病であり、理屈で捉えてしまうのだ。

しばらく何も考えずに暮らしてみよう。

そのうちに、自分の心の中を塞いでしまっているお蝶への想いなど、消えてなくなるかもしれないではないか。

落ち着いて確かめてみようと、三日を過ごした。

だが、その間もお蝶の面影はずっと頭の中から離れず、三日目に居酒屋でお蝶と出会い、にこりと会釈されると、体ががくがくと震えてきた。

——間違いない。おれはお蝶さんが好きなのだ。

自分より二つほど歳上らしい。目黒に来るまで、どこで何をしていたか知れたものではない。そんな女に惚れてしまってどうするのだ。

冷静に自分の行為を見つめるもう一人の自分は健在だ。

だが、もう一人の自分が受け持つ理性という心の扉は、容易く打ち破られてしまったのだ。

お夏の居酒屋で、医者の吉野安頓が、他の客達に、

「よろしいかな。恋というものは理屈ではない。風邪と同じだ。かかったかと思った時には風邪の毒は、人の体の奥深くまで入り込んでいて、熱く熱くさせるのだ」

などと語っていたのを思い出した。

となれば、これは間違いなく恋だ。

恋は成就させねばなるまい。

成就させるとはどういうことだ。

夫婦にならねばなるまい。

しかし、お蝶には謎が多過ぎる。

女房にしたい女のことを何も知らないなどおかしい。

とにかくお蝶について知ろうと、彼は決心した。

真にまどろこしい恋だが、ここまで重ねた想いなら、それは本物だ。

何よりも、お蝶が近くにいるとそれだけで、ほのぼのとする。化粧っ気のない顔に見受けられる、そこはかとない色香は、彼女が本物の美人である証（あかし）である。

母に捨てられた宗太郎は、落ち着いた女に目がいってしまう。

姉（あね）さん女房を求めるのは自然の成り行きであった。

四

もっとお蝶について知ろうと思い立った翌日に、宗太郎はお夏の居酒屋に飲みに出た。

この日、お蝶は菜を求めに現れなかったが、早い時分から、車力の為吉が店にやって来た。

為吉は誰よりも宗太郎の蒲焼を買ってくれる鰻好きで、宗太郎にとっては喋り易い相手であった。

「為さん、まあ一杯やってくんなよ。いつも贔屓にしてもらっているお礼だよ」

宗太郎は、自分が腰をおろしている縁台に為吉を手招きした。

「おっと、こいつはすまねえな」

為吉は片手で拝んでみせると、一杯馳走になった。

「為さんは、かみさんがいるんだろう？」

宗太郎は、そこから話を始めた。

「ああ、一人いるぜ。ははは、一人いりゃあ十分だな」

為吉は笑って、

「お前もそろそろ女房が欲しくなったかい」

と、おあつらえ向きの返事をくれた。

「いや、おれにはまだまだ早えと思っているんだが、不動の親方は、女でしくじらねえようにしろと言いなさる。そんならいっそ、しっかりとした女房を持った方が、好いんじゃあねえかと思ってねえ」

「なるほど、そいつは好いや。確かにお前の言う通りだ。何もこの店の小母さんに

〝魔除け〟になってもらわねえでも、手前(てめえ)の女房に守ってもらえば好いってもんだ」

「ああ、それが何よりかと思ってねえ」

「だが、あてはあるのかい？」

「いや、そんなものはねえんだが、そろそろ考えても好いかと思って……」

「お前みてえな真面目で働き者なら、いくらでも来手(きて)があるってもんだよ」

「そうかねえ」

「ああ、どんな女が好みなんだ」

「どんな女……と言われると、そうさなあ……、ああ、時折ここへ菜を買いに来ている、お蝶さん……、ああいう人が好いなあ」

「お蝶さん？　甘酒屋の……？」

為吉は、その名を告げられると顔を曇らせた。

「お前、お蝶さんに惚れているのかい？」

「いや……、ああいう、落ち着いた女(ひと)が好いってことさ」

「なるほど……」

「ほら、おれは母親がいなくなっちまっただろう。だからさっきも言ったように、頼りになる女房が好いなあって、つい思っちまうのさ」

「まあ確かに、お蝶さんは落ち着いているがよう。お前より歳は上だし、小せえながらも甘酒屋をやっているんだから、そいつはあたり前さ。気持ちはわかるが、あの姉さんには惚れちまうんじゃあねえぜ」

為吉はにこりともせずに言った。

「お蝶さんは、何か事情を抱えているのかい？」

宗太郎は、為吉の口ぶりが気になって、少し探るような目をした。

「そりゃあお前、親のある身で、これからどこか好いところに嫁ごうかっていう娘とは訳が違うぜ」

為吉は小さく笑うと、自分も酒と料理を注文して、宗太郎にお返しだと注いでやりながら、

「で、宗さん、このところは商売の方はどうなんだい」

と、話題を変えて、それからは、近頃人の流れが変わったようだ、辻売りをするならどの辺りがよいかなど教えてくれた。

宗太郎はいちいち相槌を打って聞いていたが、為吉がお蝶について何かを知って

いると思われて、気になって仕方がなかった。

確かに親が健在で、これからどこか好いところに嫁ごうかという娘とは訳が違う。

だが、それを言うなら宗太郎も、十三で父親を亡くし、母親はその後男と逃げてしまった身上である。

――どうして惚れちゃあならないのだろう。

その訳を訊きたかったが、ここで下手にお蝶について問うと、常連客達から次々と意見をされるような気がして、それ以上は何も訊けなかった。

宗太郎は、お蝶に惚れている素振りは見せず、その日はすごすごと家へ帰ったが、お蝶が理由有り（わけあ）の女であっても、人間は過去より今が大事なのだ。もっと話をすれば、彼女の素顔が見えてくるはずだ。

その想いを胸に、翌日は稼ぎの中（ちゅう）に、思い切って太鼓橋袂のお蝶の甘酒屋へと立ち寄ってみた。

「あら……？」

お蝶は、満面に笑みを浮かべて宗太郎を迎えてくれた。

いつも居酒屋で見かけるような地味めの装いで、どこか人を寄せつけない憂いが漂っているが、宗太郎には親しみを抱いてくれているようだ。

彼とて、子供の頃から父親に付いて商いをしてきたのである。人の笑顔の種類くらいは知っている。

その笑みを見ただけで、自分に心を開いてくれているかどうかはわかるのだ。

――よし、話をしてみよう。

甘酒屋には先客が二人いたが、いずれも目黒不動参詣に向かう老人で、ゆったりと甘酒を啜（すす）っている。

「前から一度、寄ってみたかったんだけど、おれみてえなむさ苦しいのが来ちゃあ、迷惑じゃねえかと思ってね」

「何が迷惑なものですか。わたしはここへ来てまだ間がないもんだから、宗太郎さんみたいな知った顔に会えると、何だかほっとしますよ」

「ははは、店じゃあ、お上手のひとつも言うんだね」

「小母さんの店では、陰気な女に見えているのでしょうねえ」

「あ、いや、そういうわけじゃあなくて、小母さんと清さんの他は、あまり人と喋っているのを見たことがなかったから……」

「あの店で、出しゃばった真似はできませんからね」

「ははは、違(ちげ)えねえや」

甘酒を出してくれるまでの間、思いの外話が弾んだ。

——何があったか知らねえが、この女(ひと)は悪い女じゃあねえ。

宗太郎は確信した。

自分が、棒手振りから鰻の辻売りになり、新たな明日を夢見ているように、お蝶もこの町へ来て、新しい暮らしを送りたいと願っているのに違いない。

彼女の瞳には、純真な透き通った輝きがある。宗太郎の目にははっきりとそれが見えるのだ。

——いや、それよりも、こいつは大変だ。お蝶さんはおれを宗太郎さんと呼んだぞ。

そして、そこに気がついた時、宗太郎の甘酒の入った茶碗を持つ手が震えた。

「お蝶さん……、おれの名を、どうして……？」

思わず訊ねる宗太郎を見て、お蝶もはにかんだ。

考えてみれば、名乗り合ったことなどなかった二人であった。

「それは……、宗太郎さんが、今わたしを〝お蝶さん〟と呼んだのと同じことですよ」

「ああ……、そうか……。ははは、あの居酒屋に行けば、いつの間にか覚えてしまうのだね」

「ええ、お互いに……」

お蝶に頰笑まれると、もうどうしようもなく胸が高鳴った。

自分がお蝶を気にかけていたのと同じように、お蝶も自分を気にしていたことの表れではないか。

「そ、そんなら、お蝶さん、宗太郎は稼ぎに出るよ……」

宗太郎は、しどろもどろになって甘酒屋を出た。

「行ってらっしゃい。お気をつけて……」

お蝶はそう言葉を添えて見送ってくれた。

近頃、こんなに心が和んだことはなかった。

――行ってらっしゃい、か。

毎日その言葉で家から送り出されたらどうであろう。

どんな辛いことがあっても耐えられるし、家に帰れば恋女房がいる。

自分の夢を叶えんと励んできたが、夫婦のためになると思えば、励みがさらに増すであろう。

今までそこに気が廻らなかったが、自分にも少しは仕事への自信と余裕が出たのに違いない。

今の自分に満足しないためには、お蝶が必要だ。

――よし!

宗太郎は、重い商売道具を担ぎながら、軽快な足取りで辻売りを続けたのであった。

五

「それでさあ師匠……、おれはここ何日も張り切って稼ぎに出て、甘酒屋へ立ち寄ったんだ……」

宗太郎は、ここ数日の出来ごとを〝師匠〟である清次にぶつけていた。

店仕舞いの時分に、宗太郎はふらりとお夏の居酒屋を訪ね、客のいない店内で火を落し、片付けにかかる清次を手伝いながらのことであった。

お夏は知らぬ顔をしながら店の隅の長床几に腰かけて、今宵も煙管で煙草をくゆらしている。

あの日。

お蝶の甘酒屋に初めて立ち寄り、言葉を交わした時の勢いは、すっかりと鳴りをひそめていた。

それから察するに、宗太郎のお蝶への想いは実らなかったらしい。

宗太郎の悲恋を聞かされるのも面倒なことであるが、誰かに話さねば気がおかしくなりそうな〝弟子〟を、心やさしき清次は放っておけなかったのである。

「なるほど、お前がお蝶さんに気があるのは、薄々わかっていたが。お前の話を聞いていると、お蝶さんも満更ではなかったようじゃあねえか」

「ああ、そうなんだよ……」

宗太郎は、毎日のように甘酒屋に立ち寄り、甘酒で力を付け、お蝶の笑顔で英気を養い、楽しい日々を送っていた。

お蝶はいつも、

「あら、そろそろ来る頃だと思っていたわ」

宗太郎の顔を見ると喜んでくれた。

彼はますます想いを募らせた。

そしてこの日。

偶然にも、甘酒屋で二人だけになる瞬間が訪れた。

客が宗太郎一人になったのだが、宗太郎にはこれが天恵に思えた。

いつ客がぞろぞろ入ってくるかわからない。今を逃せば後で悔やむことになると、

「お蝶さん……、おれはできることなら、毎朝家を出る時に、お前に〝行ってらっしゃい〟と、言ってもらいてえと思っているのだが、そういう夢を見ちゃあいけねえかい？」

思い切って己が想いを告げた。

自分でも驚くくらいうまく言えたと思った。

しかし、それまでにこやかだったお蝶は、

「嬉しいことを言ってくれるわねえ……」

と、呟くように言うと、

「宗太郎さんほどの人が、そんな夢を見ちゃあいけないわ」

やがて、哀しそうに応えたという。

宗太郎は、好い返事が聞けるかどうかは五分五分だと思っていたが、つれない返事に体が固まってしまった。

「どうして、そんな夢を見ちゃあいけねえんだい？」

やっとのことで問い返すと、

「お前さんに、後悔はしてもらいたくないから……」

と言って、お蝶は口を閉ざしてしまったのだ。

「つまるところ師匠、おれはふられちまったのさ」

宗太郎は嘆いた。

「色よい返事が聞けなかったってことは、ふられちまったってことだな」

清次は包丁を研ぎながら低い声で言った。

「だが、お蝶さんがお前を袖にしたのは、お前のことが好きだからさ」

「待ってくれよ。好きならどうして、そんな夢を見ちゃあいけねえ、なんて言うんだよ」

「お蝶さんには、苦労が身に沁みついているのさ」

「苦労ならおれにだってあるさ」

「お前の苦労とは、また違った苦労があったのさ」

「違った苦労？」

「女にしかわからねえ苦労さ。その傷をお前に埋めてもらうのは気が引けるし、お前を苦労に巻き込んじまうんじゃあねえか……。それが気になるんだよ」

「師匠は、お蝶さんがここへ来るまで何をしていたか、そいつを知っているのかい？」

宗太郎は言ってからふと気がついた。

先日、車力の為吉とお蝶の話をした時、

「……あの姉さんには惚れちまうんじゃあねえぜ」

彼はそう言った。

今思うと、為吉も何かお蝶の過去を知っていたのに違いない——。

「師匠、そうなんだね」

清次は神妙に頷いて、

「お前はまだ知らなかったんだな」

溜息交じりに言った。

「知らないよ。この店は、人の詮索はしねえのが御定法じゃあねえのかい。為さんといい、清さんといい、どうして知っているんだい」

「さあ、どうしてだろうなあ」

清次はふっと笑った。

取り立てて、お蝶の過去を知ろうともしなかったが、いつの間にか耳に入っている。

「それが大人だってえのかい？」

「ふふふ、そうかもしれねえな。言っておくが、この店で噂をしたことなどねえよ」

「それなのに、いつの間にか皆が知っている。それも大人だからかい。何も知らずにお蝶さんに惚れちまったってえのは、のろまで間抜けってことなんだな。だからお蝶さんは、おれを袖にしたってかい……」

「そんな人の噂話にまったく耳を貸さねえお前が好きだから、端から身を引いちまったんだろうよ」

「師匠、ますますわからねえよ。教えておくれよ……」

聞くとはなしに、二人の話を聞いているお夏は、黙然として白い煙を吐き続けていた。

六

さらにその翌日。甘酒屋を仕舞おうと、お蝶が暖簾に手をかけた時、彼女の目の前に宗太郎が現れた。

「お蝶さん、おれはあれからお前のことを聞いたよ。その上で、おれの気持ちは変わっちゃあいねえことを、今日は伝えに来た」

お蝶はふっと笑うと、暖簾を下ろして、店の内へと入り、

「甘酒、飲んでいってちょうだい」

宗太郎に頷いた。

この日の宗太郎は、仕事の出立(いでたち)ではない。

銀ねずの帷子(かたびら)に献上の帯を締めた姿で、お蝶に会いに来たのだ。

宗太郎にしては精一杯のよそ行きなのだが、そもそも顔立ちが美しいので、顔は日に焼けているものの、なかなかに好い男振りであった。

「すまねえな。ちょいと邪魔するよ……」

思い切って中へ入る宗太郎を見て、

「わたしのこと……。やっぱりもう皆知っているのねえ。わたしが根津(ねづ)の郭(くるわ)に出ていたことを」

お蝶は小さな声で言った。

「おれはまったく知らなかったんだが、そういう立ち入った話を、いつの間にか知るのが大人なんだってよ。まったくくだらねえや……」

宗太郎は吐き捨てた。

「立ち入った話を知った上で人と向き合う……、それが大人なんでしょうよ」

お蝶は相変わらず落ち着いた口調で応える。

「ここの人達は、噂を耳にしてもおもしろがったりしないで、一旦胸の内に収めてくれるから、わたしはありがたいと思っているわ」

「おれは、胸の内に収める前に、何もかも忘れちまったよ」

宗太郎は強がったが、

「うそを言っちゃあいけないわ。何もかも忘れるなんてことはできないわよ。できたらどれだけいいか……」

お蝶は窘めるように言った。

「わたしはねえ、十五の時に、矢場へ奉公に出たの……」

「いいよう、そんな話は……」

「わたしを好きだと思ってくれるなら、わたしの口から、以前のわたしのことを聞いてちょうだい。余所から捻じ曲がった噂話を耳にしてもらいたくありませんからね」

「なるほど、わかったよ……」

宗太郎は、力なく頷いた。

こうなると、駄々をこねる子供と、それを宥める母親のように二人は映った。

たった二つの違いだが、純真に前だけを見て生きてこられた若者と、嘘で固められる遊里で生き抜いた女とは、自ずと凄みが違うのだ。

だがお蝶は、宗太郎の真心に、彼女もまた真心で応えんとしている。

それが宗太郎には嬉しくて何とも心地がよかった。

お蝶の話によると、彼女は貧乏な棒手振りの家に生まれたという。

「そいつはおれと同じだ……」

宗太郎は、たちまち話に引き込まれた。

同じ境遇でも、お蝶の父親は病弱で、弟が二人に幼い妹が一人。父を支える母親も、お蝶が十五の時に亡くなった。

思うがままに働けぬ父には借金ばかりがかさんだ。

それでお蝶は、七両二分の金を父に渡し、矢場に年季奉公に出たのである。

初めは賑やかしの矢場女の一人となって客の前に出たが、客と向かい合って弓を射る技を覚えると、たちまちお蝶目当ての客が来るようになった。

矢場は、客の望みに応えて、女に小部屋で接待もさせる。

つまり客をとるわけだ。

上客を摑めば、それだけ矢場女の借金は減っていく。

落籍されて客の女房になって幸せに暮らすのも夢ではなかった。

「でもね。そんな暮らしでも、病がちで甲斐性のない父親に、弟、妹の面倒を見てばかりの貧乏暮らしよりはましだと、満足を覚え始めていた……。そんなことを考えているから罰が当ったんだろうねえ……」

その後お蝶は馴染の客に心を許したばかりに騙されてしまう。

男は職人を装っていたが、ただの遊び人で、この男の借金をも引き受ける形で、根津の遊郭にくら替えをしなければならなくなったのだ。

そこからは苦界の日々が始まった。

男が信じられぬお蝶は、情夫は作らず、いつか自由の身になる日を夢見て、黙々と働いた。

二十八まで勤めれば、お蝶なら必ず年季が明けるだろうと、楼主から言われていたのだ。

すると、お蝶に上客がついた。

やくざな男ではない。

先頃隠居をした、商家の老人であった。

若き日の隠居が、苦労ばかりをかけたまま死なせてしまった女房にお蝶はそっくりであったらしい。

「わたしはねえ、もう長く生きられないのだよ。胸を病んでしまってねえ……」

死期を悟った隠居は、若き日の放埒によって酷い目に遭わせてしまった人達への償いをしているのだが、死んでしまった者には何も出来ない。

その無念さを、お蝶を助けることで少しでも心の内から取り払おうと思い、年季よりも三年早く出られるように、身請けをしてくれた。

その上で、目黒不動前に小体な居付の甘酒屋があるので、

「ここでもう一度、一からやり直しなさい」

と、囲い者にせず、自由の身にしてくれたのである。

「まあこれで、あの世で女房に、少しは好いところを見せられるよ……」

隠居は目黒にお蝶を連れてくると、そこで彼女と別れ、ほどなくして世を去った。

その時には、お蝶の父親もこの世になく、弟と妹達も散り散りになっていた。

「わたしは本当に、ありがたくてありがたくて、こんな運に恵まれたことが、恐いくらいでしたよ」

お蝶はつくづくと述懐したものだ。

「ご隠居は、一からやり直せと言いなさったんだろう。そんならおれに手助けをさせてくれねえか」

ここぞと宗太郎は、お蝶に迫った。

お蝶は沈黙した。

「おれはお前を、きっと幸せにしてみせるよ。おれを嫌いじゃあねえだろう」

お蝶はゆっくりと首を横に振った。

「宗太郎さんは好い人だわ。わたしにはもったいないくらい……」

「そんな言い方をするんじゃあねえや。お前が根津で出ていたからって、おれは何にも気にしねえや」

「恐いんですよ。宗太郎さんの気持ちを受け容れたがために、お前さんが嫌な想いをするのがねえ」

「何だそいつは？」

「嫌でしょう。わたしは数え切れないほどの男にこの身を売って生きてきたんですよ。そういう客が、いつお前さんの目の前に現れるか知れたものじゃあないんだ」

「そんな時は、嫌な想いをするだろうな。お前に惚れているんだからよう。だが、その客のお蔭でお前は生きてこられたんだ。生きていてくれたから、おれはお前に会えたんだ。おれの女房がその折は世話になりやした……、おれは堂々と言ってやるよ」

「宗太郎さん……」

「嫌な想いをしたって、お前が傍にいてくれたら、それが何よりだ。お袋みてえに、おれを見捨てねえでいてくれたら、それで好いんだよ。おれの気持ちは変わらねえ。そのうちこんな馬鹿の傍にいてやろうと思い立ったら、おれの鰻を食べに来ておくれ……」

宗太郎はよどみなく言い置くと、甘酒屋を出た。

お蝶はしばらく呆然として甘酒屋の中で、長床几に腰をかけて考え込んでいた。

「夢は見ないようにしているのよ……」

お蝶は、矢場で男に騙された自分が、今でも許せないのだ。

矢場では客をとらないといけない時もあった。

それでも、遊郭に押し込まれた時のような苦労はなかった。

体を売らなくても、客が店に金を落してくれるように立廻れば、少しずつでも着実に借金を減らすことも出来た。

「あんたは好い子だから、ここを出れば、まっとうな暮らしができるよ。だからおかしな男に引っかからないようにおしよ」

矢場の女将はそう言ってくれた。

それなのにお蝶は、矢場で人気が出ると、だんだんと調子に乗って、客を選んだりして、太夫(たゆう)気取りとなった。

そんな時に、良太郎(りょうたろう)という職人風の男が、

「おれはこれでも煙管師としちゃあ、なかなかの者なんだぜ」

と言って、自慢げに自作の煙管を見せてきたものだ。

ひとつ十両はくだらない煙管で、確かに見るからによく出来た物であった。

しかし、それは他人が作った物で、良太郎は自分が付いていれば、いつだってこの矢場から請け出してやると甘い言葉を囁いた。

煙管一本でお蝶の借金は帳消しに出来る。

そんな考えが彼女を馬鹿な女に変えてしまったのである。

少し気をつけたらわかるのに、お蝶は良太郎に身請けをされて舞い上がってしまった。

だが良太郎は、五両ばかりの借金を払ってやった後、五十両ばかりの値をつけて、

「すまねえ、ほんの少しの間、ここでおれのために働いてくんな」

と、お蝶を根津の遊郭に売りとばしてしまったのだ。

自分を矢場から請け出してくれた良太郎が、

「悪い奴に騙されて、十両ばかり借金ができて、それが焦げついちまったんだ」

と、泣きついてくれば、お蝶は断れなかった。

――今度はわたしが助ける番だわ。

悪い奴に騙されているのは自分であるとも知らずに、自ら苦界に身を沈めてしまったのである。

その時はまだ父親も生きていて、弟達は自分で稼ぐようになったものの、まだまだ貧しい暮らしから逃れられずにいた。

矢場を出た自分が、何とかして親兄弟を楽にしてやろうと思えばよいものを、この時の自分の浅はかな行いが、一家離散を招いてしまったのだ。

良太郎は、お蝶の前に二度と現れなかった。

幸運にも件の隠居と出会ったお蔭で、三年早く苦界から出られたが、それからは男に気を許すことなどとても出来なかった。

恩ある隠居の後世を弔い、女一人で立派に生きて、別れてしまった弟、妹の消息を求め少しでも役に立てたら――。

お蝶は、尼のような暮らしをしてでも、己が罪を拭い去ろうとしていた。

馬鹿でどうしようもない自分が、苦労にも負けず真っ直ぐに生きてきた宗太郎の女房になれるはずがないではないか。

それでも、宗太郎が自分を好きでいてくれたのは嬉しかった。

汚れた物ばかりを見て生きてきたお蝶には、宗太郎の純情さは眩しくて、目を洗われたような気がした。

だが、なんて馬鹿な人だろう。

二つ歳が上の、女郎あがりの自分に本気で惚れるなんて――。

その恋を受け止められるほど、わたしは若くないのだ。

お蝶の心は千々に乱れていた。

後ろ向きにしか物を考えられない自分が腹立たしかった。

――これも因果と諦めよう。

そう思った時。

「何だい。もう閉めちまうのかい？　商売っけのない店だねえ」

表で声がした。

我に返って外を見ると、そこにお夏が立っていた。

「女将さん……」

そのぶっきらぼうな顔を見た刹那。

お蝶は泣けてきて泣けてきて、どうしようもなかったのである。

七

翌日。お蝶は甘酒屋を閉めたまま外出をした。

この日は鳴海（なるみ）絞りの単衣（ひとえ）を着てみた。

いつも地味に装ってきたが、昨日はお夏に、

「あんたはまだ歳も若いんだから、あたしの真似をしないでいいよ。もうちょっと小粋にしてさあ、ちょいと理由有り(わけあ)の好い女でいりゃあいいんだよう」

と、言われたので葛籠(つづら)から引っ張り出して着てみたのだ。

鏡に映る自分は華やいでいた。

外に出てみると、道行く者達が、

――甘酒屋のお蝶さんかい？

少しきょとんとして会釈をした。

あんなに好い女だったかと、皆思っているらしい。

「それで男が次々に寄ってきたら、まあ、あたしが、よさそうなのだけ残して、後は追い払ってあげるよ」

お夏は昨日、そうも言った。

表立ったお節介はしないと思っていたお夏が、そんな言葉を口にするとは意外であったが、

「鰻屋の兄さんが、あんたに惚れているみたいだけど、あれは残しておくよ。うちの清さんの弟子だから、まず大目に見てやっておくれな」

お夏はそれだけを言い置くと、甘酒を一杯飲んで慌しく帰っていった。

顔を見た途端に泣いてしまったお蝶の、涙の理由も問わぬまま――。

だが、お夏が立ち去った後。

――自分はいったい何に悩んで、後ろばかり振り返っているのだろう。

と、心の内にかかっていた靄（もや）が、たちまち消えていくのを覚えた。

あの居酒屋の客達の中には、お蝶の人となりを認めながらも、宗太郎には荷が重いから、惚れるなと助言する者もいるだろう。

また一方では、

「お前はまだ子供だが、それなりに世間を見てきたんだ。誰が何と言おうが、手前（てめえ）の想いを貫きゃあいいんだよう」

と、後押しをする者もいるだろう。

物の見方も色々だ。禍福は常に入れかわるものだ。

悪い思い出に引きずられると、迷いばかりが先に立つが、お夏が自分にとって信じられる存在であるのは確かなことなのだから、そのお夏が宗太郎を、

「あれは残しておくよ……」

と言ったからには、〃大目に見てやらないといけない〃はずだ。

お夏の居酒屋で初めて見かけた時から、お蝶は宗太郎に心を惹かれていた。

二つ下で、父親を助けて棒手振りをしていた弟を思い出したからだ。

その想いが、やがて宗太郎が放つ自分への好意によって、淡い恋心に変わっていったのは否めない。

相手のことを慮るあまり、恋心を打ち消してしまう自分に別れを告げよう。

お蝶が向かったのは、大鳥神社の門前の辻であった。

ここで宗太郎が辻売りをしていると聞いたのだ。

果して宗太郎はいた。紺の上っ張りに股引姿で、七輪で軽く串を炙っている。

客は香ばしい匂いに、顔を綻ばせて買って帰る。

なるほど上手く考えたものだ。

香りにつられて買いたくなるというものである。

「食べに来たわよ……」

お蝶はにこやかに声をかけた。

「あ、あ……」

宗太郎は目を丸くした。

「小さいのでいいから一串ちょうだい」

「あ、ああ、へい、ちょいとお待ちを……」

昨日は、傍にいてくれるなら鰻を食べに来てくれと言った。

となると、これは色よい返事なのか、ただ見かけたから立ち寄ってくれたのであろうか。

しどろもどろになって鰻の串を炙る宗太郎を見ると、額に汗して働いている様子と相俟って、

──好いたらしい男だ。

と、お蝶は思った。

お蝶は黙ってその場で一串食べると、

「おいしい……。力が湧いてきたわ」

「そうかい……、そいつはよかった……」

宗太郎は、いつもと違うお蝶の小粋な姿を目にして、すっかりと気圧されていた。

「お前さんが甘酒を飲みに来る。わたしが鰻を食べに来る。あの居酒屋で顔を合わ

せる……。そのうちに、わたしが宗太郎さんに毎日〝行ってらっしゃい〟なんて言葉をかける日が来るかもしれない……。今はそんな風に思っていていいわね」

お蝶は、ぽつりぽつりと歌うように告げた。

「ありがてえや……。お前に嫌われねえように、おれは毎日励むよ」

「あんたがわたしを嫌いになるかもしれないわよ」

「そんなことがあるもんかい。夢の続きが始まったようだ……」

二人はしばし笑みを交わし、やがてお蝶は帰っていった。

時をかけて、互いに相手を知った上は――。

――きっと一緒になってやる。

お蝶が自分にかけた言葉を、ひとつひとつ思い出しながら、宗太郎は己が恋の成就に胸を躍らせていた。

八

それから三日が過ぎた。

江戸の空は雲がかかり、梅雨の到来を告げていたが、お蝶の心は晴れ渡っていた。

お蝶と宗太郎は、互いに暇を見つけては、鰻を食べて甘酒を飲みに出かけた。

そしてお蝶は毎日、お夏の店へ菜を求めに行った。

毎日行くと〝だらしない〟と名物女将に嫌われるのではないかと思ったが、お夏がそんな風に自分を見ていないこともわかったし、以前にも増して甘酒を飲みに来てくれるようになったのだ。

「わたしは料理がほんに下手で困るわ」

と嘆きつつ折箱を差し出すのも愛敬となって、次第に店の常連達とも馴染んできた。

過去に引きずられて、地味に装い、言葉少なに暮らしてきたが、今思うとそれがかえって、お蝶を理由有りの女に見せてきたのかもしれなかった。

自分がかつて根津で出ていたことが、どこから知れたのかはわからない。

以前、相手をした客がたまたま目黒不動へ詣でて、そこでお蝶を見かけ、何げなく人に話したのが広まったのかもしれない。

或いは件の隠居が、甘酒屋へ自分を入れてくれた折に、家主にそっと告げておい

たのが、

「ここだけの話だが……」

と、大家が誰かに告げて、そこから広がったのかもしれなかった。

噂というものは真に恐ろしい速さで、世間を駆け巡る。

うっかり広めた者を恨んでも仕方がない。

実際に自分は、己が過ちによって苦界に沈んだのだ。因果応報というものだ。

とはいえ、お夏の居酒屋では、客達は皆それを知った上で、気安く声をかけてくれる。

荒くれ達にも、人に言えない過去がある。

「堂々と胸を張って暮らしゃあいいのさ」

口には出さぬが、お夏は誰に対しても、そう思っている。うだうだぬかす奴は叩き出す。それが店の流儀であるから、誰もが〝くそ婆ァ〟と思いつつ、ここに居心地のよさを覚えているのだ。

宗太郎は、近頃になって料理人である清次の弟子を自認している。

彼は大っぴらには言わないが、客達は宗太郎がお蝶に気があるとわかりつつある。

お蝶を好きになるなと釘(くぎ)を刺した為吉も、今では余計なことを言ったものだと、お蝶に好意を示すようになってきた。

それが宗太郎を生き生きとさせている。

出来るだけ、常連客達が押し寄せる忙しい頃合を避けて、お蝶が菜を買いに行くと、同じ頃合に顔を出す宗太郎と必ず顔を合わせた。

鰻を売る辻で、甘酒屋で、そしてお夏の居酒屋で――。

宗太郎とお蝶は、この三日の間、一日に三度も顔を合わせた。

ほんの僅(わず)かな間であるが、会えば会うだけ、互いに惹かれていった。

――このまま自分は幸せになれるのかもしれない。

お蝶はその想いを確かなものとした。

何よりも、宗太郎という男が信じられる相手であるからだ。

自分と同じ貧乏な棒手振りの子に生まれ、そこから挫(くじ)けず、ひとつひとつの夢を成し遂げながら生きてきたのだ。

――宗さんと一緒に生きていこう。

お蝶は、お夏の居酒屋で、なめるように酒を飲みつつ、清次の包丁捌きを見つめ

ている宗太郎に、

「今度はわたしの菜を、清さんの代わりにここで拵えてみておくれな」

と声をかけた。

「おっと、稽古をさせてくれるというのかい」

宗太郎が喜ぶと、

「それがまずくたって、お代はうちがもらうからね」

お夏が傍から口を挟んで、店にいた者は一様に笑顔を浮かべたものだ。

お蝶の心は躍ったが、今すぐにでも宗太郎と一緒になってもよいのに、まだそこに踏み切れないもどかしさがあった。

太鼓橋の甘酒屋へ戻ると、店の前に男の姿が認められた。

その刹那、お蝶の血の気が引いた。

「何でえ、もう店仕舞いかい……」

ニヤリと笑ってお蝶を見るその男は、あの日お蝶を騙して根津に売りとばした、良太郎であった。

「いや、よかったよ。おれは本当にほっとしたぜ。お前が根津を出られてよう。まったく、すまなかったなあ」

良太郎はしゃあしゃあと言った。

「ちょいと、どちらさんですか？　そんな馴れ馴れしくされる覚えはありませんよ」

お蝶はぴしゃりと言った。

「おいおい、そうつれないことを言うんじゃあねえや。おれ達は夫婦なんだぜ」

「夫婦？　とんでもない。煙管師だなんてうそをついて、わたしを騙して売りとばしたあんたが、よく言えたもんだ」

「うそをついたのは、お前に惚れていたからだよ。それは許してくれよ。矢場から落籍したのはおれだってことを忘れちまったのか」

「恩着せがましく言うんじゃあないよ。五両で落籍して五十両で売った。ただそれだけのことじゃあないか」

「あん時は、おれもついてなかったんだよ。あれから心を入れかえて働いてよう。お前を請け出しに行ったんだ。そしたら、お前は物持ちの隠居に請け出されたっていうじゃあねえか。随分と捜したぜ」

「頼んでないよ。とにかく、帰っておくれ」

「おい、そりゃあねえだろう」

「二度とわたしの前に顔を出さないでおくれ」

「そうかい……。そこまで言うなら、今日のところは帰るとしよう。だがなあ、お蝶。お前は縁が切れているつもりでも、おれの方じゃあ切れていねえんだ。矢場にいた頃は、お前はおれを情夫だと人に言っていたじゃあねえか」

「馬鹿をお言いでないよ」

「おれは本当のことを言っているのさ。お蝶、もうお前には苦労をかけねえからよう。次に会う時は機嫌を直してくんな……」

「ふん、わたしの機嫌は、お前が死んでも直らないね」

お蝶は怖気立つ想いで家へ入ると、ぴしゃりと戸を閉めた。

良太郎はしたり顔で、

「お蝶の奴、まだまだ金になるぜ……」

と、不敵に笑った。

そこへ、派手な格子縞の単衣に三尺を締めた、見るからに破落戸然とした男が一

人やって来て、

「兄弟、随分と嫌われたなあ」

からかうように言った。

「おきやがれ。あんなのはまたすぐに、飼い馴らしてやるさ。それより康、色々とわかったかい」

「ああ、抜かりはねえさ」

悪党二人はへらへらと笑い合って、やがてどこへともなく立ち去ったのである。

九

――いつか現れるかもしれない。

お蝶は、良太郎のことをそのように考えていた。

宗太郎の想いに素直に応えられなかったのも、その不安が心の隅にあったからだと、彼女は改めて気付かされた。

追い返したものの、またやって来て自分に絡みついてくるのは明らかだ。

自分は晴れて自由の身になったわけではなかったのだ。

まさかこの目黒まで自分を捜し当ててやって来るとは思わなかった厄病神が、突然目の前に現れた。

その衝撃は、お蝶の心を激しく揺さぶった。

何としてでも過去の忌まわしいしがらみは断ち切らねばなるまい。

だが、それをすると迷惑が及ぶ人が出てくるかもしれない。

真っ先に浮かぶのは宗太郎の顔であった。

彼にはまず会って、自分から話しておこう。

それで嫌われるのなら仕方がない。すべては自分で蒔(ま)いた種なのだ。

確かに良太郎が言ったように、矢場にいた頃の自分は浅はかで、良太郎を情夫と思い定め、それを人に言ったこともあった。

まったく吐き気を催す過去の過ちである。

どうしてあんな男を信じたのか。考えれば考えるほど嫌になる。

「昔のことは忘れておくれ」

宗太郎はきっとそのように慰めてくれるだろう。

申し訳なさで胸が張り裂けそうになるが、宗太郎のあの晴れやかな顔を、今は見たかった。

今日も今頃は、大鳥神社前の辻で商売をしているはずだ。

社（やしろ）の鳥居が見えた時。

いつもの辻で怒声がした。

「まさか……」

そこでは、二人の男が宗太郎を殴り倒し、踏みつけていた。

お蝶は息が出来なかった。

男の一人が、良太郎であったからだ。

もう一人は、良太郎に何やら耳打ちをしていた、〝康〟と呼ばれていた破落戸（ならずもの）であるが、お蝶は誰か知らない。

「な、何をしなさるんだ……」

低く呻（うめ）いた宗太郎に、

「やかましいやい、気に入らねえ野郎だ！」

良太郎は唾（つば）を吐きかけた。

「いや、まずい鰻を食わしやがるから、文句を言ったら、口はばってえことをぬかしやがる」

良太郎は、初めて会ったような顔をした。

「おや、姉さんの知り合いかい？　こいつは恐がらせてすまなかったねえ」

堪らず駆け寄るお蝶を見て、

「宗さん……」

「へへへ、それでまあ、頭にきたのさ。兄弟、この辺りにしといてやろうぜ」

すかさず康が続けた。

「そうだな。鰻屋、しっかりと商売をしろよ。代を置いておくぜ」

良太郎は、倒れている宗太郎に銭を放り投げると、

「おやかましゅうございましたね」

お蝶に小腰を折って、すれ違いざまにそっと結び文を手渡した。

「ごめんなすって……」

そうしてニヤリと笑うと、康を連れて立ち去った。

「宗さん……！　大丈夫かい……」

お蝶は慌てて駆け寄った。

「大丈夫だよ……、へへへ、まったく無様なところを見せちまったねえ。こういうのには慣れているから気にしねえでおくれ……」

宗太郎は、惚れた女の前での醜態を恥じた。

「そうかい……。近頃は、おかしな連中が増えて困ったねえ……」

お蝶はあまり構うと、宗太郎も恰好がつかないだろうと、

「一串食べて行っておくれ」

と言う宗太郎に首を振って、

「今は通りすがりに顔を見に来ただけなのよ。気をつけてね……」

これから用があるのだと、じっと宗太郎の顔を見つめてから、その場を立ち去った。

「そんなら、また後でな……」

何もなかったかのように、また商いを続ける、宗太郎のたくましい声を背に受け、お蝶は怒りに震えていた。

良太郎は、いち早くお蝶の事情を摑んで、

「おれの言うことを聞かねえと、お前の大事な鰻屋の若えのが、痛え目に遭うぜ」

と、脅しをかけてきたのに違いない。

自分のことは耐えられても、大事な者を傷付けられて見過しには出来まい。

そこを衝いてきたのであろう。

役人に訴え出ても、女郎あがりの身にかつての情夫が現れたとて、何も動いてくれるはずがない。

良太郎は、ただお蝶に未練があって、会いに来ているだけで、何も悪事は働いていないのだ。

宗太郎の腕の中に飛び込みたくても、そこに踏み切れぬもどかしさ。その正体は正しくあの男の存在であったのだ。

お蝶は、放心して、どこをどう歩いて帰ったかもわからぬ様子で甘酒屋に辿り着いた。

良太郎から渡された結び文を、震える手で開いてみると、

「今宵一晩よく考えてから、明日の暮れ六つ（午後六時頃）に、威得寺の裏手へ来てくれ。そこへ遣いをやるから、近くで落ち合って先のことを考えようじゃないか。

悪いようにはしない」

そんな文面が認(したた)められてあった。

十

その日の夜。

宗太郎はお夏の店で酔い潰れた。

初めて見る乱れようであった。

このところは、宗太郎が甘酒屋の姉さんに惚れているのが、常連達に知れていて、そっと見守ってやろうじゃないかと、暗黙の気遣いがあったのだが、

「どうもふられたようだな……」

「まあ、あの姉さんも、若え(わけ)男の真心が重たくなったんだろうよ……」

飲みたいだけ飲ましてやればいいさと、ここでも黙って見守ってやった。

清次はすべてを聞かされた。

昼間に破落戸(ならずもの)の客に絡まれているところをお蝶に見られ恥ずかしい想いをした。

その後、お蝶の甘酒屋へ寄ってみたら、〝店仕舞〟の貼り紙があり、お蝶の姿は消えていた。

周りの者達に問い合わせても、姿を見ないと言う。

ひとまず家へ帰ると、そこにお蝶からの文が置かれてあった。一読して、彼は正気を失ってしまった。

「あなたとは一緒になれません。許してください。どうか捜さないで」

震えた手で書いたのであろう。たどたどしい文章で、そのように綴(つづ)られていたのだ。

「いってえ何があったんだ。無様なおれを見て愛想を尽かしたのかい……。このまじゃあ、おれは生きちゃあいられねえよ……」

後は飲み慣れぬ酒をしこたま飲んで、たちまち酔い潰れてしまったのだ。

「何を情けないことを言ってるんだい。ちょいと理由有(わけあ)りの女に惚れたんだ。いきなりいなくなっちまったからって泣くんじゃないよ」

お夏は叱りつけたが、そのまま飲ませておいた。

清次は宗太郎を気遣って、

「だが、姿が消えちまったってえのは心配だな。ちょいと心当りを見てくるよ……」

弟子のことゆえ仕方がないと、店を出た。

しかし、その少し前に、清次は見慣れぬ男が店の様子を窺っているのに、お夏と共に気付いていた。

ちょっと頭を働かせれば、宗太郎に因縁をつけた二人組が、お蝶のいきなりの愛想尽かしと何らかの関わりがあるとわかるというものだ。

そこに怪しい男の影とくれば、お夏と清次が見逃すはずはなかった。

昔の悪い虫が、お蝶と宗太郎を引き離そうとして、お蝶に軽く脅しをかけた。そうしておいて宗太郎の動きを確かめに、そっと店の様子を窺いに来た――。

だとすれば、相手は相当の悪党で、人の動きを素早く捉えるずる賢さがある。

そして、女にふられた宗太郎の酔態を確かめれば、ひとまずは思惑通りのはずだ。

――ここからはこっちの番だ。

清次は、見慣れぬ男が店から離れたのを確かめてから表へと出て、そっとあとをつけた。

男は注意深く周囲を見ながら夜道を行く。

恐らく勘が鋭く、方々で人の噂を集めるのが得意なのであろう。用心深さもなかなかのものだが、お夏の居酒屋を覗き見たのが運の尽きであった。

清次は気配を消して男を追う。

男は威得寺の裏手の木立の向こうにひっそりと建つ百姓家へ入っていった。

こうなると闇の中を自在に動き回ることが出来る清次の独壇場といえよう。

「へへへ、あの鰻屋、自棄酒(やけざけ)を飲んで、ふられちまったと泣いていたぜ」

男が中に潜む仲間に報せている様子をはっきりと捉えた。

「そうかい、康、そいつはご苦労だったな」

中にいるのは良太郎、そして良太郎の兄弟分、康こと康次郎(やすじろう)が、居酒屋に探りを入れた男であった。

この二人。ここで清次に見つかってしまった。

「お蝶は宗太郎という鰻屋を袖にしたとはいえ、兄弟の許にやってくるかねえ」

「そいつは大丈夫さ。あの女は義理堅(ぎりがた)え。おれを信じて、根津に働きに出た女だからな。惚れた男のためなら、何だって言うことを聞くさ」

良太郎は自信たっぷりに言った。

長い間、お蝶を苦界に放り込んだままにしていた良太郎であったが、お蝶の気性は今も変わっていないと言い切れる女たらしの勘は身に付いているらしい。

「お蝶、三年だ。三年だけおれのために働いてくれ。それが最後だよう」

良太郎はそう言って、根津より一段下がる遊里にお蝶を売りとばすつもりであった。

もちろん、三年であるはずがない。

骨の髄まで絞りとる。

それが良太郎のやり口であった。

既に、お蝶だけでなく何人もが、良太郎の毒牙にかかっているのだ。

「だがよう、甘酒屋が狂っちまって、いきなりお前をブスッと刺すかもしれねえぜ」

「おれはそれを待っているんだよ。殺されそうになったとなれば、お蝶を黙らせるのに好都合だぜ。康、その辺りは気をつけてくんな」

「兄弟、お前も悪い奴だねえ……」

その言葉が口から出たところで、清次は百姓家から一旦姿を消した。

そしてそれから一刻ばかりの間、良太郎と康次郎の悪の宴は続いた。

「兄弟、甘酒屋は三十両くらいになるのかい。ちょいとしけているなあ」

「甘酒屋はそんなもんだが、今お前が動いている〝綿摘み〟の娘は百両くれえになるぜ」

「そんなになるかい。お前も次々と女を騙して、後生が悪くねえか」

「馬鹿野郎、お前に言われたかあねえや」

「へへへ、早くこんなむさ苦しいところから出ちまいたいな」

「まったくだ。お前とおれだけじゃあ、色気がなくて困らあ」

「ああ、小便に立つしかすることがねえや」

康次郎は、へらへらと笑って表に出た。

そこでこの悪党は、黒い影とすれ違ったが、そこまでのことしか覚えていない。

康次郎は、この黒い影に当て身をくらわされて昏倒したのだ。

それゆえ、間髪をいれずに、それ者風の艶めかしい年増女が百姓家にすっと入ったかと思うと、

「何でえ、康の野郎、気を利かせやがったか。まあ、こっちへ来て一杯飲みな」

女を酌婦と思って脂下がる良太郎を、隠し持った朱鞘の短刀で、一突きにしたことなど、康次郎には知る由もなかったのである。

「お前みたいな男は、生かしておくと何人もの女が泣かされるんだよう」

捨て台詞を吐いて、夜の闇に消えていったのがお夏で、露払いの黒い影が清次であったのは語るまでもなかろう。

康次郎が目覚めた時。

彼は良太郎の無惨な姿を見て取り乱した。

「こ、こいつはいってえ……、た、助けてくれ……」

慌てて外へとび出したが、既に夜は明けていて、通りすがりの百姓達に、

「ひ、人殺し！」

と、叫び声をあげられた。

康次郎の顔、着物には良太郎の血がべっとりと付いていて、恐ろしい形相で逃げ出した彼は、誰が見ても殺人鬼であった。

「い、いや、おれは……」

康次郎は逃げ回ったが、百姓の男達にたちまち取り押さえられた。その懐からは、血塗られた匕首が出てきたとなれば、百姓家の中で倒れている男はこ奴が殺したと、誰もが信じて疑わなかった。

辺りはしばし騒然とした。

――いったい何が起こったのかしら。

威得寺の裏手へとやって来たお蝶は、役人と百姓達が物々しい様子で、木立の向こうにある百姓家に群がっているのを、夢を見ているかのように眺めていた。

宗太郎に別れを告げてから、彼女は甘酒屋に籠って、誰に呼ばれようが出ていかなかった。

そしてこの日。彼女は良太郎との約束の場へ、包丁を隠し持って出かけた。

自分ばかりか、宗太郎まで傷つけんとする良太郎を、隙を衝いて刺してやろうと思ったのだ。

後はどうなってもよかった。

どこまでいっても不幸が付きまとうのだ。

罪に落ちて殺されたって、いっそ楽になるというものである。

憎い良太郎さえこの世から消えてしまえば、少なくとも宗太郎に害が及ぶことはあるまい。

そうして威得寺の裏手へ来てみれば、この騒ぎである。彼女は呆然と立ち竦むばかりであった。

「お蝶さん、あんたも野次馬見物かい？」

その声に我に返った。

お夏がそこに立っていた。

「女将さん……」

「そこの百姓家で、良太郎とかいう悪党が、康次郎というのと仲間割れを起こして、殺されたらしいよ」

「え……？」

お蝶は目を丸くした。

「酒に酔って喧嘩になっちまって、気がついたらブスリだよ。まったく馬鹿だねえ。まあ、おかしなのが二人共、この目黒から消えていなくなったのは幸いだったよ」

「そうなのですか……」

「そうなのですか、じゃあないよ。あんたどうしちまったんだい。鰻屋の若いのが、あんたにふられたって、そりゃあ大変だったんだから」

「宗さんが……」

「ああ、そりゃあ、まあ、宗さんは、あんたからしたら頼りない男かもしれないけど、あんただって、女郎あがりの年増じゃあないか。贅沢(ぜいたく)は言えないよ。そうだろ? この辺りで手を打っておきなよ。清さんの弟子となりゃあ、あたしも放っておけないのさ」

よくもまあ、言いたいことをずけずけと言う小母さんだと、お蝶はお夏をまじまじと見たが、どういうわけか、お夏にやり込められると、心の内が軽くなってくる。

「小母さん……、わたしは何だか恐いのよ……、あの人を不幸せにするんじゃあないかと……」

捨て鉢な想いが希望に変わると、お蝶の目に涙が溢れてきた。

「二人で力を合わせりゃあ、付きも巡ってくるさ。鰻と甘酒、どっちも精がつくものじゃないか。精進、精進……」

お夏は、お蝶の尻をポンと叩くと、ついておいでとばかりに、力強く歩き出した。

お蝶はしばしその背中を見つめながら、毎朝宗太郎を、

「行ってらっしゃい……」

と送り出す自分の姿を必死に求めていた。

第三話　ごっそあん

一

話は少し遡る。

去年、であるから文政六（一八二三）年の師走のことだ。

ある夜、お夏の居酒屋で思いもかけない騒動が起こった。

もっとも、お夏の居酒屋に騒動は付きものなのだが、家の揉めごとを持ち込まれるのが嫌いなお夏である。

ゆえに、店で機嫌よく飲んでいる亭主の許へ怒鳴り込んでくるような女房はまずいなかったのだが、それが俄に起こったのだから、真に思いもかけない出来ごとであったと言えよう。

忿怒(ふんぬ)の形相で、

「あんた！　これはいったい、どういうことなんだい！」

縄暖簾を潜るや、まず叫んだのは居酒屋の常連客・源三の女房・おくめである。

常連客肝煎の不動の龍五郎を始めとする客達は、その夜も賑やかに一杯やっていたのだが、一様に意外な顔をした。

まさかおくめが、満座の中で亭主を罵(ののし)るとは、考えられなかったからだ。

駕籠舁(か)きの源三は、常々おくめのことを、

「おれには過ぎた女房なんだ」

と、誰彼構わず言っていた。

気丈で働き者で、二人の子供を大事に育ててくれるし、亭主の源三が、三日にあげずお夏の居酒屋へ出かけて酒を飲んでいるのも、

「それが気晴らしになるのなら、何よりのことじゃないか」

と、文句のひとつも言わないのだと、のろけ話をしていたくらいだ。

――いってえ、何が起きたのだ。

呆気(あっけ)にとられるのも無理はなかったのである。

とはいえ、誰よりも驚いたのは、源三本人であった。

「お、お前、それは……」

彼は、しどろもどろになって、おくめが手にしている小さな皮袋を見つめた。

「おあいにくさまだったねえ。簞笥と壁の隙間に挟まっているのを見つけたのさ。あんたが隠していたんだろう」

おくめは皮袋を源三の目の前で振った。

〝ちゃらちゃら〟と金が触れ合う心地よい音がした。

その様子から見ると、五両分くらい小粒で入っているのであろうか。

源三はその皮袋をおくめからひったくると、

「こいつは、お前に関わり合いのねえ金だ……」

そう言って懐にしまいこんだ。

お夏と清次は顔を見合わせた。

ここまでの様子では、源三が女房に内緒でへそくりを隠していた。それもなかなかの額で、貧しいながらも亭主を信じて暮らしてきたおくめを逆上させたものと見える。

「ひったくって、手前(てめえ)の懐に入れちゃあいけないよ……」

お夏は呟いた。

「関わりのない金だって……？」

おくめの怒りはこれでさらに増したようだ。

こういう時はすぐ間に入らず、怒りを吐き出させた方がよい。

そのうちに人前であることにはたと気付き、はじらいが怒りの炎を弱めるであろう。

龍五郎が何か言いたそうなのを、お夏は首を横に振って止めた。

「何だい！」

おくめは源三に詰め寄った。

「今年も無事に年を越せるかどうかと、頭が痛いってえのに、こんなところで気楽に酒をかっくらいやがって！」

この言葉に店にいる男達は、一斉に下を向いた。

「まあ、それはよしとしよう。あんたはここで飲むようになってから子供達にもやさしくなって、駕籠屋の相棒との仲もよくなったってもんだ。でもねえ、うちは親子が満足に暮らしていけるほどの余裕もないんだよ。わかっているのかい！」

「そ、そいつはわかってらあ。だからおれも精を出して稼ぎに出ているじゃあねえか……」

「その稼ぎを、飲むだけじゃあ飽き足らずに、皮の袋に貯めこんでいたとはね」

「そいつは違う」

「何が違うんだい。女房子供が貧乏しているのを見ながら、こいつを何に使ってやろうかと、心の内でにやついていたんじゃあなかったのかい！」

「だから違うって言っているだろ！」

「どう違うのさ！」

「こいつは、おれの金じゃあねえんだ……」

「何だって？」

「どうあっても、お前にはやれねえ金なんだよう」

「あんたの金だけど、誰も手を出しちゃあいけない金だってえのかい」

「そういうことだ」

源三は、おくめに真っ直ぐな目を向けた。

「お前が頭にくるのもわかるが、こんなところにまで押しかけなくてもいいってもんだ」

「腹が立って腹が立って、あんたが帰ってくるまで、じっとしていられなかったのさ……」

ここで、やっとおくめも我に返ったようだ。

周りを見廻して、恥ずかしそうに頭を下げたものだ。

「まあ、お前さんも一杯飲んで、話を聞いてあげたらどうだい?」

その間合を見て、お夏はおくめの前に、燗のついた酒を茶碗に注いで置いてやった。

「すまねえな……」

夫婦はぺこりと頭を下げて、

「好い折だ。いつか皆にも聞いてもらいてえと思っていたんだ。おれが間違っているのなら、そう言ってくんな」

源三は、真顔で店にいる者達を見廻した。

「うん、聞かせてもらおう。その方が、かみさんもすっきりするってもんだ」

龍五郎が低い声で言った。

「とんだお邪魔をして、申し訳ありません」

おくめも皆に詫びると、落ち着いて源三に向き直った。

源三は両手を膝の上に突いて、少しばかり姿勢を正すと、

「いつかお前に話そうと思っていたんだが、言えずに今日まできちまった……。おれは若い頃に、一緒になりたいと思った女がいたんだ」

と告げた。

「何だって……?」

「まあ聞いてくれ。お前と一緒になる随分前の話なんだ……」

二

まだ二十歳(はたち)にもならぬ、駕籠舁きになったばかりの頃に、源三は恋をした。

相手は源三より、二つ三つ歳上のおつねという女であった。

源三が相棒と駕籠を担いで流していると、安養院(あんよういん)の前辺りで呼び止められたのが

馴れ初めであった。

おつねは、高輪の大木戸で小体な料理屋をしていた。

客としてそこまで乗せると、おつねは別れ際に、源三にだけ、

「いつでも飲みに来て」

と、耳打ちをした。

若い源三は、おつねにときめきを覚えたが、

——からかわれているのではないか。

と、半信半疑であった。

それでも若い頃は力があり余っている。

行くだけ行ってみよう。酒と飯にありつけたら、それだけでもありがたいと思い、顔を出してみた。

するとおつねは、

「あたしはあんたみたいな偉丈夫が好きなのさ」

と、大喜びで迎えてくれた。

源三が大飯を食らうと、

「好い食べっぷりだねえ。見ているだけで嬉しくなってくるよ」

源三のたくましい二の腕や厚い胸板を軽く叩いてみたりして、親しみを見せた。

こうなると源三は、おつねに心を奪われた。

女にしては体格がよく、顔のつくりも大きなおつねは実に華やかで、大柄でたくましい源三と並び立つと、それだけで見映えがした。

おつねは店を閉めるまで源三を残し、時にはそのまま泊まっていけと誘い、たちまち二人はわりない仲となったのだ。

このままおつねと夫婦になり、自分は料理屋の主として、包丁を揮って暮らせるようになったらどうだろう――。

若い源三は、女に溺れてそんな夢を見るようになった。

だがそれも束の間。

おつねは忽然と源三の前から消えてしまったのだ。

源三は狐につままれたような想いであったが、彼はそれなりに遊びを知っていたし、もっと若い頃は町でよたっていたこともあったから、

――ちぇッ、遊ばれたってことか。

という割り切りが出来た。

少しの間だけでも楽しい想いが出来たし、時には小遣い銭までもらっていた。

——今思えば、あれはおれへの手切れ金だったってわけかい。

得心した源三であるが、忘れたつもりでも、自分のような半人前の駕籠舁きを、一人の男として見てくれたおつねとの幸せな一時は、なかなか心と体から抜け切らなかった。

遊びに飽きて捨てられたとは思いたくなかった。

おつねは自分に惚れていたが、何かのっぴきならない理由が出来て、別れて行かざるをえなかったのかもしれない。

そんな想いが日を追うごとに湧き立ってきた。

駕籠屋という仕事は、人の噂を集めやすい生業である。

大木戸で小体な料理屋をしていたおつねが実はどんな女で、今はどうしているのか、仕事の合間に訊ねてみるようになった。

すると、おつねはかつて前頭（まえがしら）まで務めた力士の娘であったと知れた。

その力士は大関を期待されたが怪我に泣き、不遇をかこったまま亡くなったという。強い父親を持ったからか、おつねは並みの男とは一緒になれなかったのであろう。

亭主も持たぬまま、小体な料理屋を開いて、気儘に暮らしていたそうな。

――なるほど、それで偉丈夫のおれが気に入ったんだな。

それもただの気まぐれで、若い男が自分に本気になってきたのを悟って、煩わしくなったのに違いなかった。

そう思うと、おつねへの想いはすっかり冷めてしまい、源三は駕籠屋に精を出し、親方の勧めでおくめと一緒になり、それからは女房子供のために生きていこうと誓ったのだ。

こうして、おつねとのことは若い日のほろ苦い思い出となりつつあった。

「それで、もうすっかりとおつねのことは忘れていた頃に、噂が流れてきたんだよ。おつねが死んじまったってな」

しかも、おつねにはまだ幼い子供がいたという。

源三に教えてくれた人が言うには、おつねは深川で大木戸にいた時と同じような小体な料理屋をしつつ、その子を育てていたのだが、胸を患い呆気なく死んでしまったのだそうだ。

「子供の名は、源兵衛といったらしい……」

「源兵衛……？」

話を聞いているおくめは、思わず身を乗り出した。

「まさかとは思ったんだが、おれの名の一字が入っているとなったら気になるじゃねえか。それでその子がいつ頃生まれたのか訊ねて回ったら、どう考えたっておれの子供だ……」

源兵衛の生まれた日から考えると、正しく自分が父親だと思わずにはいられなかったのであった。

「だが、まだそうと決まったわけじゃあねえ。おつねが死んでからしばらくたっていたから、その時のことを知る人の言うこともあやふやだったし、今のおれには関わりのねえことだ、忘れちまおうと思ったよ……」

おつねは自分と遊びで付合っていたのである。

何も言わずに姿を消したのも、ふざけた話ではないか。

もし、それが自分の子供であったとしたら、おつねは自分が目黒で駕籠舁きをしているのを知っていたはずだから、一言その由を伝えてもよさそうなものだ。

　もちろん、おつねとしては子が腹の中にいるのがわかったとて、今さらそれを告げるまでもない、若い源三は迷惑に思うだろうと考えたのかもしれないが、

「それでもおれの知ったことじゃあねえと思った。だが、おつねが死んだ時、源兵衛には父親がいなくて、どこかへもらわれていったらしい。それを聞くと、おれは何だかその子が不憫になってきた……」

　自分がおつねにやりきれぬ想いを抱いているのは、それだけ女に惚れていたからなのであろう。

　源兵衛は、会ったことのない父親を何と思っているのだろう。

　理由もわからぬまま母親と死別して、父親へ恨みを募らせているかもしれない。

　自分には既におくめという女房がいて、かわいい子を生し、貧しいながらも幸せに暮らしているというのに、源兵衛は二親に逸れ、辛い想いをしているのではないか。

　会ったこともない子に、そんな情が湧いてきた。

　落ち着かぬ日が続き、それを酒でまぎらしていると、

「お前、何があったかしらねえが、しけた面ァしているなあ。ちょいと手慰みでもして、気を晴らしてみねえ」

仲間から博奕に誘われた。

「少しだけなら……」

と、遊んでみると、つきについて五両ばかりの金が出来た。

「こいつはきっと、お天道さまが、せめてこの金を、会ったこともねえ倅にくれてやれと言っていなさるんだと思ったんだよ……」

源三は、しみじみとした口調で言った。

「なるほど……。それでその金には手をつけずに隠していたってわけなのかい」

おくめは神妙に頷いた。

「すまなかった……。何もかも打ち明けようと思ったんだがよう。女のことも、倅のことも、博奕のことも、どれをとってもお前にとっちゃあ、おもしろくねえ話だと思えて、そのままずるずると今まできちまったんだ。許してくんな……」

涙ぐむ源三を見て、常連達はこの男にそんな昔があったのかと感じ入り、

――お前は何も間違っちゃあいねえよ。

と、おくめを気遣い、目で想いを伝えていた。

おくめとて、客達の心の内はよくわかる。

「許してくんな、だって？　今の話を聞いて、腹を立てる女などいないよ」

申し訳なさそうに応えた。

居酒屋の内に安堵の溜息が広がった。

「ひとつ口惜しいのは、一緒になる前の話で、わたしが怒ると思われたってことさ」

おくめの表情が一気に和らいだ。

それをきっかけに、

「おくめさん、お前の旦那は好い男じゃあねえか……」

龍五郎が源三を称え、皆がこれに追随したのである。おくめははにかんで、

「どうもお騒がせしました。惚れ直すことにいたします。で、お前さん、その源兵衛という息子は、まだ見つかりそうにないのかい？」

客達に頭を下げてから、源三に訊ねた。

「それがよう、おつねは何度も家移りをしたそうで、死ぬ前の様子がよくわからね

えんだよ」

源三は、ほっとした表情を、またすぐに曇らせた。

「そうと話が知れたら、おれも心当りに訊ねてみよう」

龍五郎がお節介を焼いて、常連達はいつもの賑やかさを取り戻し、

「おれも当ってみるぜ」

「任せてくんな」

「仕事の合間にそっと捜していては、なかなか見つからねえやな」

男達は次々と胸を叩いた。

「いやいや、皆も忙しい身だ。そう、意気込まねえでくれよ。今度は、皆のかみさんに怒鳴り込まれちまうよ」

源三の顔に再び笑みが戻った。

とどのつまりは、何か気付いたことがあれば源三に報せて、そこからは源三が自分で捜しに出ると話は決まった。

「おくめ、すまねえが、お前、この金を預かってくれねえか」

源三は懐から件の皮袋を取り出して、おくめに差し出したが、

「わたしを信じてくれるのは嬉しいけど、そんな大事なお金を預かるのは、何だか恐いよ」

おくめは顔をしかめた。

「だが、お前に見つかっちまったくれえだ。しまっておくところを考えねえとなあ」

源三は神妙な表情となった。

お夏はついからかいたくなって、

「そうだよ。よく考えて置いておかないと、ここにいる連中に、あんたが金を持っていることが知れちまったからねえ」

と、常連達を見廻した。

「婆ァ！　おれ達をこそ泥みてえに言うんじゃあねえや！」

そこからしばし、龍五郎とお夏の口喧嘩が始まったのだが、源三とおくめが考え込んでしまったので、

「誰か頼りになる人に、預かってもらったらどうなんだい？」

結局、お夏が助言して、

「小母さんの言う通りだな。よし。ここはひとつ、大家さんに預かってもらうよ」

それが好いだろうと話は決まった。

店子（たなこ）にとって、大家は親も同じと言われている。

源三、おくめ夫婦が暮らす裏店は、お夏の居酒屋からほど近い、下目黒町（しもめぐろ）にある。

大家は瓢右衛門（ひょうえもん）という。歳は四十半ばで、恐妻家で通っていた。

それゆえでもあるまいが、あまり飲みに出かけることもなく、お夏の店にも年に数度、顔を見せるくらいのものだ。

恐妻家といっても、彼の女房おふさはしっかり者であるだけで、瓢右衛門を尻に敷いているわけではない。

瓢右衛門曰（いわ）く、

「亭主というものは、常日頃から女房を恐れているくらいの方がよいのですよ」

それが夫婦円満の秘訣らしい。

穏やかな身のこなしに端整な顔。

長屋の住人達からの信頼もなかなかに厚い。

それだけに、瓢右衛門に預けるのは当を得た仕儀だと思ったのだ。

しかし、お夏はというと、客達が盛り上がっているのに水を差すのもどうかと思ったので黙っていたが、日頃から瓢右衛門のことを、

――あの大家は曲者だよ。

と見ていたので、源三が秘事を打ち明け、金を預けるのに一抹の不安を覚えていた。

余計な気を廻して、また新たな騒動が勃発するのではないかと不安がよぎったからだ。

――とはいっても、当人が誰よりも頼りになると思う相手に、預けるのが何よりだね。

他にこれといった人もないのだ。

この一件は不動の龍五郎に任せておいて、見物を決めこんだ。

大家は夫婦して、源三夫婦の相談を快く受け、源三のやさしさを称えつつ、

「この先は、博奕に手は出さないようにしないとね」

と、そこは戒め、

「このお金は大事に預からせてもらいますよ。早く父子の対面が叶うことを祈っています。おくめさん、お前さんはよくできた女房ですねえ」

金を預かると、おくめを称えることも忘れなかった。

案ずるより産むが易しである。

「大家も夫婦で引き受けてくれたのなら、まずうまく運びそうだね」

お夏もほっと胸を撫で下ろした。

それから半年ほどの間。

源三は相変わらずお夏の店へ来て、ほろ酔い気分で騒いだが、商売の方は一層励み、生き別れとなっている源兵衛捜しを続けたものだ。そうして、五月に入ったある日。

じめじめとした梅雨の煩わしさを吹きとばすかのような勢いで、お夏の居酒屋に源三がとび込んで来て、

「息子が見つかったよ！」

と、泣き笑いの表情を浮かべながら叫んだのである。

三

源三はあれからさらに、おつねの転居先を訪ね、周りの住民に訊き込んだところ、源兵衛は体格のよさを見込まれて、相撲部屋に引きとられたとわかった。

とはいえ、どこの相撲部屋かがあやふやで、駕籠屋の親方が、相撲好きの贔屓に問い合わせてくれたところ、深川の黒江町にある富士辰部屋にいると知れた。

歳は十四。まだふんどし担ぎではあるが、次の花相撲では、前相撲に出ることになっているという。

「よかったなあ、源さん……」

居酒屋が一気に盛り上がったのは言うまでもない。

「それで、どうするんだい？」

「あの金を持って、倅に会いに行くのかい？」

「関取にでもなってくれたら大したもんだなあ」

居合わせた客達は口々に言った。

「ありがとうよ。おくめも喜んでくれて、何よりだったよ」

いきなり倅を訪ねるのも気が引けるので、源三はまず富士辰部屋の親方に会ってきたのだという。

富士辰は、源兵衛の祖父にあたる、おつねの父親とは力士仲間であった。

おつねの父親は、前頭・常の山で、豪快な押し相撲が得意であった。

それが怪我に泣き、不遇のまま亡くなったのは痛恨の極みで、誰よりも父親を慕っていたおつねは、

「自分が男だったら、父親の無念を晴らすこともできたかもしれないのに……」

随分と嘆いたらしい。

源三から話を聞いた富士辰は、そんな話をしてくれた上で、

「おつねちゃんはそれで、自分の代わりに息子を相撲取にしようと思ったんだなあ」

と、源三を見ながら言った。

「なるほど、それでおつねは、でけえ男を探していたのか……」

当時、源三は駕籠舁き仲間の中では誰よりも大きく、足腰の強さにも定評があっ

た。

おつねは、その源三の〝血〟が欲しかったのであろう。

源三との間の子ならば、大兵で力持ちで足腰も強かろう。

子を儲けたら、とにかく自分の手で思うように育てて、やがて相撲部屋へ入れようと考えたのだ。

そうなると、そこに子の父親の意が挟まると面倒になる。

それで、子を腹に宿したと知ると、源三の許から離れていったのに違いない。

「あっしは、種付けに選ばれたってところでしたか……」

さすがに源三も切なくなったが、

「ただ種付けのためだけに、お前さんを選んだわけではなかろうて……」

富士辰は、おつねは源三に惚れたからこそ、この男の子を宿したいと思ったはずだと、強い口調で言った。

力があって偉丈夫で足腰が強い。

ただそれだけで選ぶなら、おつねはもっと早くに子を産んでいたはずだというのだ。

腹を痛めて産んだ子に自分の夢を託すのだ。

誰の子でも好いはずはない。

料理屋をしながら方便を立て、子を孕(はら)んだ折は、産むまでの間、楽に食べていけるように貯(たくわ)えをする――。

おつねは強い意志で日々を暮らし、これはという男との出会いを待ったのだ。

そうして、源三の体だけではなく、心にも惚れたから、

――この男(ひと)の子を産みたい。

と、思ったのであろう。

おつねが源三の前からいきなり消えたのは、源三に惚れていたからに違いない。

先頃結ばれた鰻の辻売りの宗太郎と、甘酒屋のお蝶とて、互いに惹かれ合いながらもお蝶は若い宗太郎の先行きを思うと、なかなか彼の気持ちに応えてやれなかった。

おつねもそれと同じ心境であったはずだ。

おつねは、自分の子をあくまでも強い力士に育てようと考えていた。

源三を無理に付合わせるのは、心苦しかったのだ。

まだ若い源三には、これからいくらでも良縁があろう。

自分に生き別れになった子供がいると知れば、心やさしい源三は胸を痛めるはずだ。

それゆえ、おつねは源三の前からいなくなったのである。

しかし、おつねの心の内にはいつも源三がいたはずだ。

息子に源兵衛と名付けたのはそれゆえだ。そして、源兵衛は幼い頃から、

「お前はいつか、龍泉(りゅうせん)源兵衛という名で土俵に上がるのですよ」

と母に言われて育ったのだという。

龍泉は、目黒不動の瀧泉寺(りゅうせんじ)からとったのは明らかだ。

おつねは、源三の面影をすべて源兵衛に注ぎ込んでいたのではなかったか。

おつねは、腕力と腰を鍛えさせた上で、源兵衛が、十二、三歳になれば、富士辰部屋に預けるつもりでいたそうな。

「この子の父親は死んでしまいましたが、相撲を取れるほどの力を持っておりました。だから、同じ年頃の子供の中でも、源兵衛はとび抜けて大きゅうございましょう。あたしのお父っさんの血も流れております。その時は、どうかこの子を鍛えてやってくださいまし」

生前、おつねはまだ幼い源兵衛を連れて、そっと富士辰部屋を訪ねたという。

自分がしっかりと源兵衛の体を作ってから、預けるというのだ。

「よし、わしは常の山とは兄弟のように育てられたのだ。その日がくるのを楽しみにしているよ」

そう言って別れたものの、おつねはしっかりと源兵衛を大きく強く育てる前に、心の臓を病み死んでしまった。

おつねは、自分の体に異変を覚えた時に、周囲の者に、自分の身に何かあれば、その由を富士辰に伝えてもらいたいと告げていた。

しかし彼女の体調を知った富士辰は、おつねが生きている間に、相撲を取る源兵衛の姿を見せてやろうと、そっと手配をして、母子を部屋に引きとってやった。

その時はまだ源兵衛も、やっと十歳になったところで、大人相手に相撲など取れたものではなかったが、体格は既に普通の大人並みになっていた。

若い力士に稽古をつけてもらうと、敵わぬまでもそれなりに恰好がついた。

「源兵衛が相撲を取っている……」

おつねはその姿を見て感涙にむせて、その十日後に亡くなったという。

　別れてから十五年近くの歳月が流れ、おつねと過ごした日々が、今では夢のように思われたが、こうして話を聞くと、あの日自分の二の腕や胸を楽しそうに叩いた姿が蘇ってきて、源三は泣けてきて仕方がなかった。

　その様子を見て、情に厚い富士辰も思わず涙ぐんだ。

「あっしの倅は、ほんに好い親方に拾ってもらって、幸せに暮らしているのですねえ」

　それが知れただけでもよかった。

「あっしは、源兵衛には会わずに帰った方がよろしゅうございますかねえ……」

　源三は、いつか会える日のために、五両ばかりの金を用意しているのだが、それならその金を持ってくるので、親方がよいように使ってやってもらいたいと頼んだ。

「お前さんは好い男だ……」

　富士辰は声を震わせた。

　そして、源三を稽古場に連れていって、

「あれが、龍泉源兵衛でごんす」

と、まだあどけない顔をした若い力士を見て囁いた。

「あれが……」

泥まみれになって稽古をしている力士は、源三によく似ていた。

「構わぬから、会ってやってください」

富士辰は嬉しそうに言った。

しかし、今いきなり対面をすれば、源兵衛もとまどうばかりで、何も耳に入らないだろう。

今日のところは自分の口から、源兵衛に、

「お前の父親は生きている」

と、話をしておくので、よい折を見はからって段取ろうと、富士辰は言ってくれた。

金のことについては、今すぐに要るものではないので、まず会ってから話をしてやった方がよかろうとのことであった。

源三は、ほっと息をついた。

会ったとて、源兵衛は自分を父親として認めてくれるかどうかはわからない。

だが、富士辰親方がとりはからってくれるなら、無事に父子の名乗りも出来るはずだ。

気合もろとも、自分より大きな力士にぶつかって胸を借りる源兵衛の雄姿にしばし見惚(みと)れながら、源三は部屋を後にした。

そして、目黒に戻るとすぐに女房のおくめにこの由を告げ、二人で大家夫婦に挨拶をしてから、お夏の居酒屋にやって来たのである。

「源三、そいつはよかったなあ」

「なに、親方がそんな風に人情に厚いお人なら、案ずることはねえや」

「立派な倅を持ったもんだな」

「おれ達も鼻が高(たけ)えや」

常連客達は、祝いだと源三に酒を振舞ってやった。

「大家さんも喜んでくれたかい？」

お夏も酒を一杯おごってやりながら訊ねたものだが、

「ああ、うろたえるくれえに喜んでくれたよ。近々、源兵衛に渡してやるつもりなので、あの金をもらいに来ますと言ったら、〝それならすぐにでも出しておきましょう〟と言ってくれたよ」

「出しておく……？」

「大家さんもおもしれえお人だ……」

預かった金は、源三にとって大事な五両である。

もしも盗まれるようなことにでもなれば大変であるが、大家の家には錠が付いた引き出しがない。

「それでわざわざ、知り合いの両替屋に預けてあるというんだ。まったく念の入った話だ」

源三は、ありがたい人だと感じ入った。

「なるほど、両替屋に預けておけば、心配はいらないねえ……」

居酒屋の中は、源三への祝福で心地よい風が吹いている。

お夏も清次と共に、その風にしばし心身をさらしたかったのだが、どうもすっきりしないものを覚えていた。

二人は去年の暮れに、源三夫婦が五両の金を大家の瓢右衛門に預けると聞いた時から、胸騒ぎに襲われていた。

それにはちょっとした理由があったのだ。

四

源三が、龍泉源兵衛と父子の対面を果すのは、月が明けて芝神明(しばしんめい)で行われる花相撲の日となった。

富士辰親方は、この日に源兵衛が前相撲に出るので、それを見てから会えばどうかと勧めた。

源兵衛に予め伝えようとも思ったが、それでもし源兵衛の心が乱れたら、相撲に障るかもしれない。

かつて母・おつねは、

「お前の父親は、お前が生まれてすぐに死んでしまったのさ」

そのように息子に言い聞かせていた。生きていると知れば、嘘をついた母を恨みに思うことも考えられるのだ。

「きっと、きっと勝ってみせます……」

源兵衛は大いに意気込んでいるという。

まず、相撲を取り終えてから会うのが何よりであろう。

「源兵衛にくれてやろうという金は、勝った祝いと言えば、渡し易くもなる……」

親方の言う通りである。

勝ちを称えてやればよし、もし負ければ、それを慰め、励ますことも出来る。

対面は花相撲の後がよかろう。

まだ言葉を交わしたことのない父と子である。

心を落ち着ける間と、会い易い状況を得られるのは、ありがたい。

「よし！　皆で花相撲を観に行くぜ！」

居酒屋の常連達は大いに沸き立ち、皆一様に、

「こいつは楽しみができたぜ」

関取の取組を見るよりもわくわくすると、その日を心待ちにしたのである。

この時代は、女は相撲を見ることが出来なかった。

その神秘が、力士を与力、火消と並ぶ江戸のもて男にしたのであろうが、そもそもお夏は、

「何だかむさ苦しいじゃあないか、汗まみれのでかい男が裸でぶつかり合うなんて

さ」

と、それほど相撲に興はそそられなかったので、そんなことはどうでもよかった。

「まだ少し、花相撲まで間があって幸いだったよ」

お夏は清次に、客達の喧騒をよそにそっと囁いた。

お夏の心配は、大家の瓢右衛門が、件の五両を使い込んでいるのではないかということであった。

お夏と清次の〝人助けの仲間〟に、廻り髪結の鶴吉がいる。

かつてはお夏の生家である小売酒屋〝相模屋〟出入りの髪結で、お夏の亡父・長右衛門に心酔し、その義俠に体を張って従った男である。

今は高輪車町を根城に、廻り髪結をしている鶴吉は仕事柄情報通で、一年ほど前に少し気になる噂話をお夏と清次にもたらしていた。

「お嬢、居酒屋の近くに、瓢右衛門という大家がいますかい」

彼は、お夏の昔の呼び名で問うた。

「ああ、うちの常連が何人か、そこの長屋に住んでいるよ」

「やはりそうか、なかなか皆に慕われているそうで」

「ああ、人当りの好い男でねえ。かみさんの尻に敷かれているようだが、あたしはそうやって世間の目を欺いているように見えて、あまり好きになれないのさ」

「ふふふ、さすがはお嬢だ。人をよく見ていなさる……」

ご近所のことなら、やがて何か起こるかもしれない。それゆえ余計な話だが、お夏と清次の耳には入れておこうと、鶴吉は小耳に挟んだ瓢右衛門の噂を、語ったものだ。

「ありゃあ、かなりの女好きですぜ」

「ふふふ、それを隠すために、女房に頭が上がらないふりをしているってわけかい」

「そんなところで……」

髪結には、人の噂話がおもしろおかしく聞こえてくる。

瓢右衛門は、大家というそれなりの地位を得ている。何かとうまく立廻れば小遣いにも困らないし、なかなかに男振りもよい。

外へ出れば、寄ってくる女も多い。

目黒界隈では、人品卑しからぬ男で、恐妻家を謳い、

「立派な大家さんだ」

との評判を保っているが、芝や三田辺りの隠れ里では、打って変わって、〝お盛ん〟のようだ。

そして、いささか自分がもてるのを真に受けて、

「梶原源太（かじわらげんた）はわしかしらん……」

などと浄瑠璃に引っかけて調子に乗っているらしい。

「そのうちに痛（いて）え目を見るぜ」

遊び人、通人の間では、おもしろ半分にそんな言葉が囁かれているのだ。

とはいえ、鶴吉にしてみれば、お夏の居酒屋のご近所のことゆえ、ひとまず報せておいたというところだし、お夏にとってはどうでもいい相手であったから、まったく気にもとめていなかった。

瓢右衛門が、芝でしくじろうが、三田でしくじろうが勝手にすればよいことだ。

ところが、それからほどなくして、源三とおくめの隠し金を巡っての夫婦喧嘩が居酒屋で勃発し、件の五両を瓢右衛門に預けることになった。

五両の金についての話を聞くと、お夏も心打たれたし、

「誰か頼りになる人に、預かってもらったらどうなんだい？」

そう勧めたのは、お夏自身であった。

満座の中で、

「あの大家には預けない方が好いよ！」

などとは言えず、ずっと気持ちの悪い想いを抱いていたのだ。

しかし、瓢右衛門は夫婦して、源三とおくめの願いを聞き容れたというから、五両を預かるのは、

「大家としての務めと思っているのだろうね。そんならまあ心配はいらないか……」

と考えたのだが、いよいよ倅・源兵衛との対面が叶うことになって、五両の話が出ると、大家の瓢右衛門は、

「うろたえるくれえに喜んでくれたよ」

と、源三は言った。

さらに、瓢右衛門は自分の家には錠付きの引き出しがないので、

「知り合いの両替屋に預けてある」

と、源三に応えたという。

源三は、念の入ったことで、

「ありがたい人だ」

と、感じ入っていたが、お夏と清次はそこに気持ちの悪さを同時に覚えた。

「なるほど、両替屋に預けておけば、心配はいらないねえ……」

と、その場は話を合わせたものの、

——これはやはり、あの〝女好き〟は、金を使い込んだのではないか。

と、疑念を覚えたのだ。

源三にとっては大切な金だから、どこよりも安全なところに預けたというのは、わからぬ話ではない。

だが、大家が大金とはいえ、五両くらいの金を、わざわざ両替屋に頼んで預かってもらうだろうか。

預かってくれた両替屋も、何やら間が抜けていないか。

「うろたえるくれえに喜んでくれたよ」

と、源三は嬉しそうに言っていたが、

「清さん、あの大家、本当にうろたえていたのじゃあないのかねえ」

お夏は、常連達が催す源三への祝宴がお開きになった後、清次にぽつりと言った。

五

せっかく、久しぶりに心温まる話に沸いたというのに――。

源三の美談が、いつしか大家の醜聞に変わってしまったのが、お夏には煩わしかった。

ここまでくれば、花相撲の日に源三が常連達と芝神明に繰り出し、長く離れていた倅の雄姿を見た後に、晴れて父子の名乗りをあげる。そして、女房子供に手を合わせつつ、源兵衛のために貯えてあった五両を無事に手渡す。

ことはそのように、すんなりと運んでもらいたい。

「とりあえず、鶴吉の兄ィに繋ぎをとってみやしょう」

まず清次が動いた。

そうして髪結の鶴吉が、そっと居酒屋へやって来て、

「瓢右衛門って大家がご近所だと聞いて、あれからあっしも、ちょいと気をつけていたのですがね。大家さん、このところは前にも増してお盛んのようですぜ」

と、お夏に伝えた。

「まあ、お盛んなのは大家の勝手だが、おかしな女に引っかかっているんじゃあないだろうね」

お夏はそれが心配で問うてみると、

「近頃は、おもとという女にご執心のようで」

「おもと……」

「三田の同朋町の酌婦です」

「ご執心はいいけど、金のかかりそうな女かい？」

「まあ……、ねだり上手というのか……」

「そいつはいけないね」

「いずれにせよ、あまり好い評判は聞こえてこねえんで、ひとつ調べてみやすよ」

「頼んだよ」

「花相撲までには埒が明くようにしませんとねえ」

鶴吉は、思わぬところで自分の情報が役に立ちそうで、上機嫌であった。

「会ったことのねえ倅のために、いくら貧乏したって手をつけずに持っていた金……。近頃聞いたことのねえ好い話だが、とんだおまけがついておりやしたか……」

改めておもとについて調べてみますと、胸を叩いたが、その日のうちに気になる情報を、まず仕入れた。

「おもとには、おかしな野郎が引っ付いておりやしたよ」

おかしな野郎とは、情夫の芳之助(よしのすけ)である。

酌婦に情夫が付いているのはよくあることだが、この芳之助というのはかなり性質(たち)の悪い男で、強請、たかりで方便を立てる破落戸(ならずもの)であった。

おもとに執心であった瓢右衛門は、このところぱったりと、三田同朋町には姿を見せなくなっているという。

そして、芳之助はというと、

「ちょいとつきに恵まれてよう」

このところ何やら羽振りが好いらしい。

これから考えると、

「まず、大家さんは悪戯が過ぎて、美人局に遭ったというところですかねえ」

「なるほど、十分に考えられるね……」

芳之助に強請られた瓢右衛門は、有り金だけでは足りずに、つい件の五両にまで手を付けてしまった——。

どうせすぐに、源三の倅など見つかるはずもないと高を括っていたのであろうが、思いもかけず、源兵衛が取的になっていたと知れて、瓢右衛門は慌てているに違いない。

源三の祝宴から三日後の昼下がり。

お夏は、目黒不動の境内を所在無げに歩いている瓢右衛門を見つけた。

近頃は家でじっとしている時が少なく、何かというと出かけていると聞いて、彼の行方を探っていたのだ。

「これは大家さん……」

お夏が声をかけると、瓢右衛門はどきりとした様子で、

「ああ、居酒屋の……」

探るような目を向けてきた。

お夏は構わず、ずけずけと、

「大家さんは、花相撲を観に行かないのですか」

「花相撲……」

「駕籠屋の源さんの倅が出るやつですよ。源さんは、そこで大家さんに預けておいたお金を渡してあげるつもりだとか」

「あ、ああ、そのことですか」

瓢右衛門の目は完全に泳いでいた。

「皆で噂をしていたんですよ。わざわざ知り合いの両替屋に預けてまで、源さんのお金を守ってあげようなんて、なかなかできることじゃあないとね。さすがですねえ……」

「ははは、わたしは頼りない男でしてねえ。確かなところに預けるのが何よりだと……」

「お金はぎりぎりまで預けておくのが何よりですねえ」

「はい。そうすべきかと」

瓢右衛門の目に、少しだけ安堵の色が浮かんだ。

あの口うるさいお夏が、ぎりぎりまで預けておくべきだと言ったのだから、そこまでは時を稼げるであろう——。

お夏は、瓢右衛門がそもそも五両の金を両替屋へ預けてなどおらず、源三に息子が見つかったと告げられ、咄嗟にそんなでまかせを言ったのだと見抜いた。

今は何とか時を稼ぎ、使い込みをごまかしてしまおうと、それぱかりを思案しているのに違いない。

「大家さん、花相撲の日が楽しみですねえ。その日はうちのお客達が、源さんの祝いに押し寄せるでしょうから、大家さんも是非覗いてやってくださいまし」

お夏は勢いよく言い置くと、瓢右衛門の前から立ち去った。

瓢右衛門の顔は青くなった。

彼は落ち着きなく境内を歩き回って、何か考えごとをしていた。

そこからは鶴吉の出番となった。

鶴吉は、そっと瓢右衛門の様子を窺う。

瓢右衛門はやがて、古道具の露店の方を見て、しばし立ち止まると、近くの休み処(どころ)で菅笠(すげがさ)を買い求め、御堂の裏手でこれを目深に被った。

　そして再び、古道具屋へと向かうと、茣蓙(ござ)の片隅に置いてある鞘巻の短刀を指して、

「それは、木刀ではないのかな」

　主(あるじ)に訊ねた。

「いえ、ちゃあんと鞘から刃が出ますよ。もっとも錆(さ)びておりますが、ちょっと研いだら、一人や二人はぶすッとやれますよ。はははは……」

　主は陽気な中年男で、鞘巻を手に笑ってみせた。

「はははは、おもしろい人だな。もしや掘り出し物かもしれない、買いましょう」

　瓢右衛門は笠の下に顔を隠しつつ、その鞘巻を二朱ほどで買い求めた。

　それから彼は、それを懐に入れて、また境内をうろうろして、御堂の裏手へと身を潜め、ぶつぶつと何かを言い始めた。

――芝居の稽古かい。

　鶴吉は吹き出しそうになった。

「それが大変なことが起きましてな……。いや、違う……。大変な目に遭いまして

ねえ……。うん、これだな。いきなり刃物で脅されまして、有り金をそっくり奪われてしまいました……。真に面目ない……。あッ……、腕に傷が……、こんなところだろうか……」

瓢右衛門は、買った短刀を研いで、自害するつもりなどはさらさらなさそうだ。

あの短刀で、自分の腕を思い切って傷つけ、五両の金を返してもらって源三に渡す道中、物盗りに遭って、怪我をさせられた上に、件の五両も含めて、財布を奪られてしまったと、言い訳をするつもりのようだ。

その時の芝居の稽古を、いてもいられずに今から始めたのだろう。

女遊びで金を脅しとられただけならば、それもよい戒めと思って、心を改め真面目な大家の暮らしに戻ればよかった。

それが、五両を預かったがために、このように悩まねばならない。

身から出た錆とはいえ、鶴吉は笑いを堪えつつ、少しばかりかわいそうになってきた。

「次は、河庄の旦那の出番かな……」

鶴吉は、ふっと溜息をつくと、その場から走り去った。

六

「下目黒で大家をなさっておいでの、瓢右衛門さんですねえ」

心も体も重く、とぼとぼと家路につく瓢右衛門を、一人の女が呼び止めた。

ちょうど五百羅漢の石像にさしかかったところで、日は傾き淡い光に照らされたその女を見て、

「どこかで、お会いしましたかな」

瓢右衛門の鼻の下は、たちまち伸びた。

女は大年増というところであろうが、いつまで経っても容色が衰えず、成熟した色香を放つ、まれに見る粋筋の女だと、好色な瓢右衛門の目に映った。

性悪女に引っかかって、大変な想いをしているというのに、好い女に出会うとたちまち脂下がってしまう。

――まったく懲りない男だねえ。

この粋筋の女に変身しているお夏は、呆れ返っていた。

このまま放っておいてもよいのだが、源三の喜びようを見ているお夏は、彼のためにこのだらしない男を救ってやろうと、こんな手の込んだ真似をしているのだ。

――まあいいや。少しばかり嬲(なぶ)ってやろうか。

「いえ、お前さんに会うのは今日が初めてですよ」

お夏は少し嗄(しゃが)れた色気のある声で言った。

「左様で……。では、いったいどんな御用で?」

「ちょいと訊きたいことがありましてね」

「何でしょう」

「三田のおもとという女のことですよ」

「おもと……」

たちまち瓢右衛門の鼻の下は元に戻って、

「そんな女のことは知りませんよ。わたしは先を急ぎますので……」

さっさとやり過ごそうとした。

「お待ちなさいな……」

お夏の声に凄みが加わった。

そして、謎めいた編笠の武士が瓢右衛門の前に立ち塞がった。

河庄の旦那。髪結の鶴吉と同じく、かつて相模屋長右衛門の下で人助けに励んだ一刀流の遣い手、河瀬庄兵衛に、ここで出番が回ってきたのであった。

二人の迫力に、瓢右衛門は足が竦んでしまった。

「あたしはお前さんを助けてあげようとしているのさ。素直に話を聞いた方が身のためだよ」

お夏は声を和らげた。

「わたしを助ける……と？」

瓢右衛門は首を傾げた。

「そうだよ。だから訊かれたことに応えるんだね。あたしの言うことが合っていたら、首を縦に振るだけでいいよ」

瓢右衛門は首を縦に振った。

「お前さんは、おもとに入れあげて、芳之助という破落戸に脅されたかい？」

「それで有り金をそっくり巻きあげられてしまった……」

「その中には、なくてはならない金も含まれていて、ほとほと困り果てている」

瓢右衛門は、この女がどうしてそこまで知っているのか不審に思ったが、こうなれば自棄だと、首を縦に振り続けた。

「やはりそうかい。あの辺りは、あたしの縄張りでねえ、おもとと芳之助、なんざに勝手な真似をされて、黙っているわけにはいかないのさ」

「そ、それでは、あなた方があの二人を懲らしめてくださると……」

「そういうことさ。その上で奴らから金をふんだくってやるよ」

「そ、それは何よりで」

「お前さんは、いくら脅しとられたのさ」

「二十両です」

「馬鹿なことをしたもんだ」

「まったくです……」

「そっくり取り返せるかどうかはわからないが、その半分は何とかしてやるよ」

「え？　では十両返ってくると……」

「ああ、不義理のないようにするんだよ」

「そ、それはもう……」

「あたしはお前さんの動きを見ているからねえ。おかしな真似をしたら、命はないと思いなよ」

お夏は再び凄んだ。

すると、庄兵衛がゆったりとした動作で、腰の刀の鯉口を切った。

「わ、わかっております。あいつら二人を懲らしめてくださる上に、諦めていたお金までいくらか戻していただけるのなら、わたしは何でも言うことを聞きますし、これからは心を入れ替えます……！」

庄兵衛の脅しに震えあがった瓢右衛門は、直立不動で応えた。

「そんなに意気込まなくてもいいよ。そんなら、馬鹿なあんたの仇を討ってやるから、ちょいとあれこれ、おもとと芳之助について教えておくれな……」

お夏はニヤリと笑ったのである。

七

ほどなくして、瓢右衛門の手に十両の金が戻ってきた。

お夏が扮する謎の女から、三日後の朝五つ(午前八時頃)に、三嶋明神の祠にかかる階の裏側を探ってみろと言われていて、いそいそと出かけてみると、確かにそこに十両の金包みが忍ばせてあった。

瓢右衛門は狂喜した。

一緒に添えられてあった書付には、

「二十両のうちの十両は、この先おかしな目に遭わぬために飲んだ薬代と思うこと。残った十両は、そもそもあるべきところに戻して、ゆめゆめ不義理はせぬこと。仇は確と討った……」

との内容が認められてあった。

お夏が、いかにしておもとと芳之助を懲らしめたかは、詳しく述べるまでもあるまい。

鶴吉が瓢右衛門のような女好きで小金持ちの臆病者に成り切っておもとに近付く。

そして自ら罠に陥る。

乗り込んできた芳之助に怯えたふりをする。

そこへ、鶴吉の情婦役のお夏が、用心棒の河瀬庄兵衛を従え乗り込む。

「あたしの旦那に手を出しておいて、それを強請るとは、好い玉だね」

いつもの調子で凄む。

そこからは三人でおもとを脅し、芳之助を痛めつけ、

「い、命ばかりはお助けを……」

と、泣き叫ばんばかりにした上で、

「そんなら、詫びの印をもらおうか」

芳之助の住まいに乗り込んで、有り金をそっくり吐き出させた。

「何だい、しけた野郎だね」

数えてみると十三両二分しかない。

「まあいいや。この次、味な真似をしたら、その首をもらうよ」

お夏の言葉が終らぬうちに、庄兵衛が芳之助に抜き打ちをかけ、彼の髷を切り落して、失神させて仕上げをかけたのである。

「まあ、そっくり金が戻ったら、また瓢右衛門が調子に乗るかもしれないからねえ」

十両分反省してもらうことにして、

「三両二分は、あたし達の骨折り料にもらっておこうかねえ」

その場の三人が一両ずつ、清次に二分を渡して、この度の悪戯組は、そのまま解散したというわけだ。

三嶋明神で十両を手にした瓢右衛門は、その金をしっかりと懐にしまって、己が長屋へと駆け出した。

それを見届けた清次は、

「子供がお宝を見つけたようでしたよ」

と、体を揺すりながらお夏にその成果を伝えたものだ。

金のあるうちに、少しでも早く渡しておこうと思ったのであろう。

その夕。瓢右衛門は夫婦して源三を長屋に訪ね、

「いやいや、預けておいたお人が旅に出ていてねえ。気が気ではありませんでしたよ」

五両を手渡すと、わざわざ言うまでもない嘘をついて頰笑んだという。

源三は、金を手にして、

「大家さんには、本当に迷惑をかけちまいましたねえ」

恭しく頭を下げると、

「お預けした時は、小粒で五両分でしたが、小判にしてくださったのですねえ」

念の入ったことだと感じ入った。

「それはまあ、その、両替屋へ預けたので気を遣ってくれたのでしょうな。ははは……」

瓢右衛門は笑ってその場を取り繕ったが、内心では、

――よくぞ両替屋へ預けたとうそをついたものだ。

咄嗟についた嘘に満足を覚えていたに違いない。

これで、錆ついた鞘巻の短刀で、自分の腕に切り傷をつけておいて、

「物盗りに刃で斬りつけられ、有り金をそっくり盗まれてしまいました」

などという、痛くて空しい嘘をつかずにすんだ。

ほっと胸を撫で下ろす瓢右衛門であったが、女房に、買った鞘巻が見つかって、
今度は、

「こんな物をいったいどうしようというのですよう？」

と、問い詰められた。

「それは、まあ、用心のためですよ。わたしもどんな危い目に遭うかもしれませんからねえ、ははは……、わあッ、ははは……」

ここでも彼は、ひたすら笑ってごまかした。

何はともあれ、まだ見ぬ子を想い、ずっと守り続けてきた五両の金は、無事に源三の許に戻ったのである。

花相撲の二日前のことであった。

八

芝神明の境内に設(しつら)えられた土俵の周りには、まだ人もまばらであった。

前相撲からじっくりと見る客は、それほど多くなかった。

しかし、まだ名もない取的を贔屓にしている者もいる。

龍泉源兵衛が出る東方(ひがしかた)の席には、熱い男達が大勢で陣取っていた。

もちろん、仕事を投げ出して応援に駆けつけた、源三と、お夏の居酒屋の常連達であった。

「稽古と思ってぶつかってこい」

親方に言われて、平常心を保ちつつ取組に臨んだ源兵衛であったが、さすがに緊張しているように見えた。

「龍泉！　行け！」

「しっかり！」

常連達の声援がとぶ。

見かけぬ男達が自分を贔屓にしてくれているので、源兵衛は面くらって源三達を見て、会釈をした。

それに男達はどっと沸いた。

まだあどけない顔は、実に源三によく似ている。

「立派だねえ……。よく育ったなあ……」

常連を率いている不動の龍五郎は、源三の肩を叩いて、既に涙ぐんでいた。

立合はすぐに行われる。

相手の力士もなかなかに立派な体をしていたが、龍泉源兵衛は父親譲りの、がっしりとした六尺近い偉丈夫。

おつねもまた体格の好い女であったから、倅は自分を超えたのだ。

源三は己が肉体の一部が源兵衛を作り、あらゆる希望をのせて戦ってくれること に、不思議さと喜びを覚えていた。

おつねとの束の間の恋は、若き日の自分の夢そのものであった。

頭の中を駆け巡る想いは、肉体のぶつかり合う音で現実に戻った。

行司の声も続かぬうちに、源三は、低い腰で一気に相手を土俵の外へ突き出す源兵衛の雄姿をその目で見た。

湧きあがる歓声。

源三は胸が張り裂けんばかりの興奮を覚えた。

今までにも嬉しかったことはいくつもあった。おくめが娘と息子を産んでくれた時、源三の駕籠しか乗りたくないと客が言ってくれた時、その度に胸が躍った。

しかしこの喜びは格別であった。

そうだ、親というものは子供の心と体を借りて、あらゆる経験が出来るのだ。

龍泉源兵衛の勝利は、長く生き別れになっていた子を求めた、源三の勝利でもあるのだ。

「源さん、しっかりとな！」

源兵衛が取組で勝った。

高揚する中で、親方はいよいよ源三を倅に会わせてやる段取りを組んでいた。

勝利の余韻が覚めやらぬ中、今日ばかりは、関取の付人も免除された源兵衛に、親方は、

「おい、お前の生みの親が観に来てくれたぞ」

と、あらましをまず伝えてくれたのだ。

源三は、先ほどの興奮が一気に緊張に変わるのを覚えた。

源三には何の非もない。

「ひでえ母親だ……」

しかし、父親を勝手に切り捨ててしまったおつねを、源兵衛は今になって、
と、恨みはしないだろうか。

父親は死んだと言い聞かされてきたのだ。

今さら自分がしゃしゃり出てもよいのであろうか。

「源兵衛は、会いたがっているよ。さあ、お会いなさんせ」

富士辰は源三の想いを察して、まずそう言って、控え場に源兵衛を呼んでくれた。

源兵衛は浴衣をきっちりと着て、源三の前へ出ると、

「親父殿で……?」

突然のことに目を丸くして、まじまじと源三を見た。

源三は、言葉が出てこずに、ゆっくりと頷いた。

「源兵衛で、ごんす……」

精一杯大人の顔をして、源兵衛は手を突いて源三を仰ぎ見た。

「立派になってくれて何よりだ。これから関取を目指そうというお前の親父は、しがねえ駕籠舁きさ。今頃になってのこのこと出て来たことを許しておくれ」

源三は、しっかりと源兵衛を見つめて言った。

「許すも許さないもごんせぬ。お袋殿がいけないのです」

「お前のお袋殿は、お前を強い力士にしたかったのさ。恨んじゃあいけないよ」

「恨みません……、恨みません……」

源兵衛の目に涙が溢れた。

「親父殿には、おかみさんがいなさるので?」

「ああ、おくめというんだ」

「子は？」

「七つの娘と五つの倅がいる」

「そんなら、わしの妹と弟だ……」

「そうだ、妹と弟だ……」

「おかみさんのことを、お袋殿と呼んでも好いですかい？」

「ははは、呼んでやってくれ。大きな息子ができたと喜ぶだろうよ」

「そいつはありがたい。ありがたい……」

「そんなことくれえでありがたがっちゃあいけねえ。これまでお前に何もしてやれなかったんだからなあ」

「親父殿のせいじゃあない……」

「いやいや、その気になればもっと早くお前を見つけられたはずだ。これを渡そうと、ずっと捜していたが、やっとこの日がきたよ」

頃やよしと、源三は懐から皮袋を取り出して、源兵衛の団扇(うちわ)のような大きな手に握らせた。

「こいつは、いつかお前に会えたら、その時に渡そうと思っていた金なんだ。はは は、色気のねえ袋に入っているが、こいつに入れてずうっと置いてあったものだか ら、この袋ごと受けとってもらいてえのさ」

「親父殿……。これはいけない。まだ子供のわしでも、この重さはわかる。これは、お袋殿と、妹と弟のために使っておくんなさい」

源兵衛は頭を振った。

「おれの女房は、この金はお前がもらってくれたら何よりだと言っているのさ。お前に渡しておくが、今は親方に預けておいて、何かの折に役に立ててもらいな。頼りになる親方でよかったなあ……」

自分には、貧しい暮らしの中でも、こうして倅のために金を貯めていてくれた肉親がいる――。

源兵衛は、心の内で、

――見ろ、わしにはこんなありがたい親父殿がいるのだ。わしはいつか横綱になって、このお人の前で、片屋入りをするのだぞ。

と、横綱土俵入りを誓っていた。

富士辰は情に厚い。

かつての友・常の山の娘が、こんな気持ちの好い男と契っていたのかと思うと、心が浮かれてきて、皮袋を掲げて伺いを立てる源兵衛に、

「ありがたく頂戴しろ。その金は、お前の何よりのご贔屓からのご祝儀だ。いつか、何倍にでもしてお返しをするがいいや。ますます励めよ」

やさしく言葉をかけた。

源兵衛は神妙に頷くと、源三に向き直り、

「ごっそあんです！」

深々と頭を下げたのだ。

こうして、件の五両は源兵衛の手に渡ったのである。

九

その夜、お夏の居酒屋は大賑わいであった。

方々、贔屓筋への挨拶廻りに忙しい富士辰親方は顔を出せなかったが、

「今日だけは、親兄妹に甘えてこい」

と、一晩暇を与えてお夏の居酒屋に源兵衛を行かせてやったのだ。

源三は女房のおくめと二人の子供を連れて店へやって来て、源兵衛との顔合わせをさせたのであった。

源兵衛は、おくめを〝お袋殿〟と慕い、異母妹弟を両脇に抱えてかわいがった。

「大きな息子がいきなりできちゃいましたよ」

おくめは、自分をお袋殿と慕う源兵衛を、不憫がり、すっかりと彼の贔屓になってしまった。

能天気な常連客達が、源兵衛を黙って見ているはずはなかった。

まだ十四の源兵衛は、彼らの話題をすっかりとさらったのだ。

店には入り切れないほどの客が詰めかけて、外に縁台を置いて一杯やる者もいた。

大忙しのお夏と清次を助けんとして、鰻の辻売りの宗太郎と、甘酒屋のお蝶が手伝いに来ていた。

かつて苦界に身を沈めていたお蝶のしがらみで、惚れ合いながらもなかなか結ばれなかった二人であるが、お夏と清次の暗躍ですべてが解決して、夫婦の約束を交わすことになった。

今は互いに行き来しながら、目黒の外に小さな居酒屋が出来る店を探していた。

この二人には、源三、おくめ夫婦が手本のように映っていた。

源三は、源兵衛を温かく受け容れてくれたおくめを崇めるようにして、

「もっと早(はえ)えうちから、お前に金のことも、何もかも話しておけばよかったよ……」

と、隠しごとをしていた非を、何度も詫びていた。

「わたしを思っての隠しごとじゃないか。もう何も気にしなくてもいいですよう」

応えるおくめは実にさっぱりとしていた。

「おれ達も、あんな風になりてえなあ……」

と、宗太郎はお蝶に囁いて、二人で頷き合ったものだ。

そして、もう一組の男と女が、源三、おくめ夫婦を感慨深げに眺めていた。

大家の瓢右衛門と、その女房のおふさであった。

瓢右衛門は源三に招かれ、おふさを伴い久しぶりにお夏の居酒屋にやって来たのだが、客達からこの度の骨折りを称えられて上機嫌であった。

大家としては再起不能かと思われた。

美人局に遭い、二十両脅しとられ、どうしても五両が足りなくて、源三から預かった金に手を付けてしまった。

かくなる上は、自分で自分に刀傷をつけ、追剝ぎに遭って預かった五両ごと奪われたと言い訳をするしかないと考えたが、謎の美女が、悪女・おもとと、悪党・芳之助を懲らしめてくれた上、十両を戻してくれた。

今でも夢のような出来ごとであり、無事に五両を源三に返した時の興奮は忘れられない。

それでも、喉元過ぎれば熱さを忘れるの譬えのごとく、そもそもが陰でもて、、、男を気取る癖のある瓢右衛門である。

恐妻家を装いながらも、

「亭主というものは、常日頃から女房を恐れているくらいの方がよいのですよ」

それが夫婦円満の秘訣だと、相変わらずわかったようなことを言っている。

つまり、恐妻家のふりをしているのだと、宣言しているわけで、別段亭主を尻に敷いた覚えのないおふさは、

「わたしをわわしい女に仕立てあげ、それを隠れ蓑にして、好き放題しているだけじゃあないか……」

と、内心では瓢右衛門に対して不満を募らせていた。

善人ぶった亭主が、芝、三田界隈で、〝調子に乗っている〟ことなど、おふさはとっくにわかっていた。

いつか、ぐうの音も出ないほどにしてやる。女をなめるんじゃあない。

瓢右衛門の知らぬところで、おふさはその日を待っていたのだ。

「お前さん、万事うまくいってよかったですねえ」

おふさはまず瓢右衛門に言った。

「そうだねえ。今思えば、源さんもおくめさんに何もかも打ち明けておけばよかったんだよ」

瓢右衛門は、落ち着き払って言った。

「人のことはよく言えたもんだねえ」

おふさは嘲笑うように言った。

「どういうことだい？」

瓢右衛門はにこやかに首を傾げてみた。

「お前さんも、何もかも打ち明けておけば、悩まなくてもすんだものを……」

「打ち明けておけば悩まなくてすんだ？」

「預かった五両を使い込んじまったってことですよ」

「お、おい、何を言っているんだよ。使い込んだ？　このわたしが……？」

「そうですよ。どこかの両替屋に預けておいただなんて見えすいたことを……。そんなはずはありませんよ」

「これ、おふさ」

声が高いと瓢右衛門は宥めようとしたが、

「口から出まかせにしても、よく言ったもんだと思いましたよ」

瓢右衛門の目が泳ぎ始めた。

「ははは、お前もおもしろいことを言うねえ」

「お前さんの目を見れば、うそか真かはすぐにわかりますよ」

「うそだったら、こうしてここへは来ていないだろう」

「あたり前ですよ。大家たるものが、五両のお金を用意できないなら、恥ずかしくて人前には出られませんからねえ」

「お前の思い違いだよ……」

「まあ、あれほどあたふたとしていたお前さんが、こうして落ち着いているのを見ると、天からのお助けがあったってところでしょうねえ」

「うそは言っていない……」

「そしたら、そういうことにしておいてあげましょう」

おふさは睨むように見て、

「言っておきますがねえ。いざという時のために、わたしも五両、用意してあったんですよ」

帯に挟んであった紙入れを掲げた。

瓢右衛門は、真っ青な顔になって沈黙した。

「正直に打ち明けていれば、錆びついた短刀なんか買うこともなかったんですよ。ふふふ、あれで何をするつもりだったか知りませんけどね」

「だ、だから、あれは身を護るために……」

「そうですか、自分の喉を突くためかと思いましたが、お前さんがそんな性根の据った男とも思えませんからね。自分で自分の腕でも切って、追剥ぎに遭って金を盗まれました……、なんて見えすいた芝居でも始めるのかと思っていましたよ」

「そんなこと、するはずがないだろう……」

どうして何もかもわかっているのであろうか――。

と心に思うと、

「女房を欺こうたってそうはいきませんからねえ」

おふさは、しどろもどろになる瓢右衛門を見ると、胸がすっとしてきた。

とりあえず、今日のところはこれくらいにしてやろうと、

「とにかく、おかしなところから五両を借りたのなら、この五両できれいにしておいでなさいな」

「そんなことはないよ」

「そうですか。あんまりなめた真似をしていると、この五両で人を雇って、お前さんの利き腕のひとつも折ってもらいますからねえ……」

「おい、おふさ……」

瓢右衛門は震えた。

二人のいる小座敷から少し離れたところに鞍掛を置いてこれに腰をかけていたお夏は、知らぬふりをして煙管を使っていたが、こみあげる笑いに体を震わせていた。

源三がおくめについた嘘。

瓢右衛門がおふさについた嘘。

同じ嘘でも、こうも味わいが違うものか――。

――まあ、それでも、天下泰平ってところだね。

笑いを堪え切れず、お夏が煙に咽せた時。

おふさが、がっくりとする瓢右衛門を尻目に、

「今日はやどのおごりですからねえ。皆さん、楽しんでくださいまし！」

大声で叫んだ。

そして、店中に、

「ごっそあんです！」

という客達の声が響き渡ったのである。

第四話　ところてん

一

梅雨も明けて、このところはうだるような暑さが続いていた。

こんな時分、お夏の居酒屋では、ところてんが出る。

干した天草を洗って、これを煮て型に流し入れ冷やし固める。

その上で心太突きで細い棒状にする。

江戸ではこれを醬油か砂糖をかけて食べるのが主流だが、お夏は砂糖をまぶして、軽く醬油を落す。

そもそもこれは、売り物ではなく、ところてん好きのお夏が自分用に拵えて、客のはけた仕事の合間に食べていた。

ある日それを常連客胆煎の不動の龍五郎が見つけて、

「婆ァ！　何だ手前は、客に内緒でそんなものを食べやがって」

と、咎めた。

「何言ってんだい、ところてんを食べるのに、いちいち客に断りを入れないといけないのかい」

「客にも出せって言ってるんだよう」

「居酒屋でところてんなんて出すもんじゃあないだろう」

「こんな暑い日は、冷たくてつるっとしたのが欲しくなるんだ」

「どこかで買って食えばいいだろう……」

そうして、こんなやり取りがあり、結局、お夏が自分用のところてんを多めに拵えて、分けてやることになった。

「あの馬鹿は、うちの店でしかものは食べないのかねえ……」

ぶつぶつ文句を言うお夏であるが、人が食べているのを見ると無性に自分も食べたくなるのが人情である。

「おれはこの店でしかものは食わねえと、神仏に誓ったんだ」

などという馬鹿が続出して、去年くらいから、夏の定番となったのである。

そういう愛すべき客のさらに上を行くのが、仏具店〝真光堂〟の後家・お春であった。

「こういうのが金持ちの道楽ってやつなんだろうねえ」

と、お夏が呆れるほど、お春は居酒屋のところてんに執心していて、お夏がところてんを拵えたと知るや、

「やっぱり夏は、お夏さんのところてんに限るわねえ」

などと、少女のようにはしゃいで食べに来たものだが、この日は店から遣いが来た。

近頃、〝真光堂〟に奉公にあがった、お駒という二十歳過ぎの女中なのだが、

「今日は何やら具合が悪いので、家で食べたいと仰いまして……」

と、塗りの箱を差し出した。

「具合が悪いのなら、もうちょっと精のつくものを食べりゃあいいのに」

呆れるお夏を見て、

「ここのところてんを食べると元気が出るそうです」

お駒はにこやかに言った。

「あんたも、とんでもないところに奉公したもんだね。持って帰る間に温もっちまうから一度水にさらすがいいよ。醬油と砂糖は分けて入れておくよ」

お夏は、やれやれという表情で、お駒にところてんを持たせてやった。

「どうも……」

小腰を折って、軽やかな足取りでお駒が去っていくと、入れ違いに龍五郎がやって来て、

「ところてん、あるかい……」

と、恥ずかしそうに言った。

好いおやじが、いそいそとところてんを食べに来るのを、お夏にからかわれるのではないかと思ったようだが、

「近頃、仏具屋に奉公にあがったあの娘……」

お夏は遠ざかるお駒の後ろ姿を指さして、龍五郎を見た。

「ああ、お駒とかいう女中かい？」

「あの娘は、親方が口を利いたんじゃあないそうだね」

「さすがは地獄耳だな」

「この前、ここでお春さんが、大きな声で断りを入れていたじゃあないか」

「そうだったかな」

「近頃、物忘れがひどくなったんじゃあないのかい」

「そいつはお互いさまよ。お駒って女中は、なんでも〝真光堂〟の得意先の筋から頼まれたそうなんだ」

「そういうことかい」

「出戻りで、肉親はなし。行くところがねえと聞いて、そのお人が気の毒に思ったんだろうな」

ちょうど〝真光堂〟では、長年奉公していた女中が、めでたく嫁ぐことになり、働き手を探すところであったという。

「なるほど、渡りに船ってところかい。だが口入屋、そいつはおあいにくさまだったね」

お夏はからかったが、

「そうでもねえさ」

龍五郎はあっさりと言った。

「まだほんの小娘の年季奉公を決めてやるのと違って、すぐ使えそうな女中となると、なかなか面倒なのさ」

女もそこそこの歳になると、気が利いていてよいのだが、それだけに癖が強くなってくるので、不平不満が多くて困る時があるのだそうな。

「大人の女ってえのは、うめえことうそをつくし、何を考えているのかわからねえからよう」

「ふふふ、そんな妖怪を作ったのは、あんた達男なのさ」

「なるほど、婆ァ、そうかもしれねえな……。いや、そんなことはどうだっていいんだよ。早くところてんを食わしやがれ！」

そんな風に、この夏も〝ところてん〟の連呼で、真に平和に過ぎようとしていたのだが、料理人の清次が目黒不動で〝ある男〟を見かけたことで、お夏の身の回りは一気に騒がしくなった。

このところは、お夏が陰でする人助けは、なかなかに遊び心に溢れていたが、今度ばかりは過去の因縁が交錯する殺伐としたものとなったのだ。

二

清次が〝ある男〟を見かけたのは、龍五郎と〝真光堂〟のお春が、それぞれ居酒屋と家でところてんに舌鼓を打った日の昼下がりであった。

「せっかくだから、ところてんを河庄の旦那に持っていっておやりよ」

お夏に頼まれて、〝河庄の旦那〟こと、河瀬庄兵衛の許へと訪ねる道中、清次は目黒不動の門前にさしかかったところで、思わず足を止めた。

仁王門から出て来た痩身の男に見覚えがあったからだ。

痩身の男は四十半ばで、どこかの商店の主のように見えた。

見覚えがあったとしても、いつもなら、

――あの人は、どこかで会ったような気がするが……。いったい誰だったたっけなあ。

それくらいの想いで行き過ぎるのだが、清次が思わず足を止める時は、特に懐かしい相手か、〝気に入らない匂いがする相手〟と決まっている。

痩身の男は、やり手の商人という風情を見せているが、清次の目には実に気に入らない奴に映ったのだ。

まだ少年の頃から、俠客・相模屋長右衛門の許で人助けに走り、悪徳役人とそれに繋がる商人の蔵を次々に荒らす〝魂風(たまかぜ)一家〟の一人であった清次だ。

そういう感性は、人並み外れたものがある。

体を張って暴れていた頃に、決着がつかぬまま、見失ってしまった相手もいた。その最たる者が、お夏の実母・お豊(とよ)を殺した、千住(せんじゅ)の市蔵(いちぞう)こと小椋市兵衛(おぐらいちべえ)であったが、そ奴らは一味と共に討ち果した。ゆえに今はもうほとんどいなくなったはずであった。

――そうだ、あの時の小間物屋だ。

随分と昔に見た顔であるが、清次の頭の中で、痩身の男の顔が重なり合っていたのである。

――しまった。

考えるあまり、男のあとを追う出足が遅れた。

賑わいを見せる参道で、清次はその奴の姿をすっかりと見失ってしまったのである。

その夜。

居酒屋が店仕舞いした後に、河瀬庄兵衛と髪結の鶴吉がやって来て、清次と並んでお夏特製のところてんを食べていた。

「へへへ、お嬢は相変わらず、ところてん好きなんだねえ。嬉しくなってきやすよ」

鶴吉が言えば、

「まったくだ。お嬢が拵えてくれたのを、店の皆と食べていると、何やら幸せな想いになったものだ」

と河瀬庄兵衛も懐かしがった。

「あの頃が懐かしいねえ」

お夏も珍しく感慨に浸りながら、砂糖を多めにふりかけたところてんを、美味(うま)そうに食べる三人の男達を、しばし嬉しそうに眺めていたが、

「清さんが小間物屋の三次郎(さんじろう)を見かけたと言うんだが、鶴さんも旦那も、奴の顔を覚えているかい？」

やがて、目に鋭い光を湛えて問うた。

「へい、覚えておりやすよ。逃がした野郎の顔は忘れねえ……」

「それも、長右衛門の旦那に教え込まれたことのひとつだからな」

鶴吉と庄兵衛は、それぞれ頷くと、頭の中に三次郎の顔を思い浮かべていた。

瘦身で細面の顔には、猿のような皺があり、一見愛敬があるのだが、笑っているかと思うと、その皺のひとつひとつに不気味な凄みを漂わせる、油断ならない男であった。

三次郎は、小売酒屋であった〝相模屋〟の向かいにあった小間物屋〝いわさ屋〟に出入りしていた。

初めに見かけた時は、長右衛門でさえも、三次郎の表情に愛敬しか感じなかった。

ところが、〝いわさ屋〟にちょっとした騒動があり、その陰に三次郎がいるのを、やがて〝相模屋〟の者達は知ることになった。

〝いわさ屋〟は、なかなか大きな小間物屋で、〝相模屋〟とはそれなりに近所付合いもあり、お豊とお夏の櫛、簪などはここで買っていたし、〝いわさ屋〟の酒は〝相模屋〟が納めていた。

ところが、〃いわさ屋〃は主人が亡くなってから、商売が思わしくなくなった。

どちらかというと高価な品を扱っていたのだが、仕入れが思うに任せず、得意先から不評を買い始めたのだ。

跡取り息子は俊之助(としのすけ)といって、心根のやさしい若者であったが、父親に死別した時はまだ二十歳を越えたところで、父の跡を継ぐには頼りなかった。

それゆえ、後家となった内儀のおすまが番頭と共に店を守らんと奮闘した。

三次郎はその頃に、〃いわさ屋〃に出入りし始めた。

彼は小間物の行商をしていたのだが、〃いわさ屋〃に置いている品を商うと、客からの信頼も高まり、商売には好都合なのだと言って、ここから仕入れていた。

ある程度まとめて買ってくれるならと、おすまは三次郎に値引きして売り、三次郎は〃いわさ屋〃と同じ値で売ったので、互いに利があったのだ。

前述のごとく三次郎は一見愛敬があり、〃いわさ屋〃の奉公人にも如才なく接したから評判もよく、

「わたしも、お店の一人だと思っております」

などと言うので、おすまも心を許したものだ。

しかし、これがとんだくわせ者であった。

おすまの努力に、息子の俊之助も応えて、母子で商売を盛り返し始めた折、寄合席三千石の旗本・三雲(みくも)家の用人・脇田(わきた)幾之助(いくのすけ)なる者が、〝いわさ屋〟を訪ねた。

近々、三雲家の姫に婚儀が整い、その調度の品を求めに来たのである。

櫛、簪、笄(こうがい)など、どれも名のある職人が仕上げた高価な物を望んだ。

おすまはこれに張り切って応え、すぐにどこに出しても遜色のない、名のある品を揃えた。

それが、いざ引き渡しの日。おすまがその品を蔵から出させると、名品は誰が見ても二束三文の品に替わっていた。

「おのれ、無礼者めが！」

脇田幾之助は激怒した。

婚儀の日は迫っている。このままでは三雲家の面目に関わる。

「どうするつもりじゃ。かくなる上は、この屋の者共を片っ端から斬り捨てて、某(それがし)も腹を切ってお詫びをいたさん……」

と、いきり立った。

偽物を売りつけようとしたのかと凄まれると、言い逃れも出来ず、おすまはうろたえた。

「これは、何かの間違いにござりまする。恐らく何者かが、手前共の蔵から盗み出してすり替えたのに相違ござりませぬ……」

蔵の中をいくら調べても、揃えた名品は見つからず、その代金をもらうどころか、

「どうか、これでご料簡のほどを、何卒お願いいたします……」

と、百両の金を渡して許しを乞う始末。

「お許しが出るかどうかはわからぬが、そなたの詫びの印として、この金を我が君に差し出し、まず許しを乞うてみよう」

それで殿の気持ちが収まれば、後日詫びに出向くがよいが、とにかく今はじっとしていろと言って、脇田は引き下がった。

だが、もちろんこれは騙り者が仕掛けた強請であった。

寄合席三千石の旗本・三雲家は実在する。用人に脇田という家来もいるし、近々姫に婚儀があるのもその通りである。

それで、〝いわさ屋〟はすっかりと信じてしまったというわけだ。

相模屋長右衛門は、

「真によい注文が参ったのでございますよ……」

と、喜ぶおすまの姿をまのあたりにしていたので、

「それはよろしゅうございましたねえ」

と、祝いながらも、うさん臭いものを感じていた。

その直後に、向かいで騒ぎがあったので、長右衛門は清次を連れて、そっと様子を窺った。

当時の長右衛門は、特に悪人退治に生き甲斐を覚えていた。

恋女房のお豊が、非道な勘定奉行の息子によって手討に遭い、少し前にそ奴を人知れず葬り去り仇を討った。

そして〝魂風一家〟と呼ばれる盗賊の一団を結成し、勘定奉行と癒着していた商人の蔵を荒らしまくっていた頃であったのだ。

長右衛門に命をかけて従う〝相模屋〟の面々も威勢がよく、統制がとれていた。

用人役の幾之助は、まんまと百両せしめたまではよかったが、〝いわさ屋〟の向かいに、こんな恐るべき小売酒屋があったなどとは、思いもよらなかった。

連中にとっては、これほどまでについていないことはなかったと言えよう。

脇田幾之助は、中間に扮した乾分二人と共に、颯爽と引き上げたが、通りを曲がると逃げ足となって先を急いだ。

これを、長右衛門と清次が追った。

相手も玄人である。

人知れず隠れ家へ戻る術は知っている。

もし追手が来ても上手くまけるよう、巧みに道を変え、裏路地を駆け、姿をくらまさんとした。

しかし、長右衛門と清次にそんな小細工は通じなかった。

二人は、易々と騙り者の落ち着く先を突き止めた。

浅草山谷町を東へ入ったところにある、田圃に面した浪宅風の家であった。

様子を窺うと、今は空き家になっている剣術道場のようだ。

武家風体であれば、ここに出入りしても怪しまれはしないだろうという思惑が見える。

清次が道場に近寄って、中を覗き見ると、偽・脇田幾之助と中間二人は、さっさと衣裳替えを始めた。

清次は傍らに潜む長右衛門に、にこりと頷いた。

連中はやはり騙り者だと知れた合図であった。

そして、中には番をしていた破落戸（ならずもの）がもう一人いて、幾之助を迎えると、床板をめくって箱を取り出した。

「お宝は無事か？」

「へい、ここにありますぜ」

番の男は箱を開けた。

その中に、〝いわさ屋〟が偽の三雲家からの注文に応えて取り寄せた、櫛、簪、笄の名品があった。

――そんなことだろうと思ったぜ。

長右衛門は、清次と共に覗き見てニヤリと笑った。

「三次郎の野郎もなかなかやるじゃあねえか」

幾之助が言った。

――奴か。

もしやと思ったが、小間物の行商である三次郎は、うまく〝いわさ屋〟に取り入って、店に出入り出来る状況を作り、隙を衝いて蔵に忍び込んで、商品の中身をすり替えたのに違いない。

連中は、盗んだだけでは飽き足らず、

「おのれ、二束三文の品を売りつけるつもりか！」

と、品物を見て怒り、さらに百両強請りとったのだ。

そして、今はここで集まって、百両と盗んだ品物を山分けすることになっているらしい。

長右衛門の目配せで、清次は脱兎のごとく駆けた。

〝相模屋〟へ戻って、店に待機しているはずの髪結の鶴吉と、河瀬庄兵衛を連れてくる段取りである。

やがて三次郎がやって来て、山分けが始まるはずだ。

そこを一気に取り押さえて、盗品の所在を訴え、そのまま役人に引き渡すつもりであった。

——貧すれば鈍するか。

〝いわさ屋〟のおすまも、もう少し気を張っていれば、こんな騙りに引っかからずにすんだであろうに。

三次郎に対しても、容易く気を許したのは過ちであった。

それと共に、もう少し早くお節介を焼いてあげればよかったかもしれないと、長右衛門は内心忸怩（じくじ）たるものを覚えた。

――だが、ご近所の義理はこれで果せる。

と、思った時であった。

幾之助が仲間達に、

「三次郎はまだ来ねえようだな」

と、問うた。

「そのまま旅に出ちまうから、仕度に手間取っているんじゃあねえかと……」

蔵が荒らされたとなると、三次郎にも疑いがかかろう。

三次郎は、このまま分け前を手に、ここから逃げるつもりのようだと、乾分の一人が応えた。

「そうかい、まあ好きにすりゃあいいが……。考えてみりゃあよう、おれ達はあの蔵からお宝を盗み出したのは大したもんだが、そのお宝を用意させたのは、幾之助の芝居あってこそである。

「どうせ二度と顔を合わせねえ盗人同士よ。間抜け面して奴を待つこともねえやな」

悪党達は、確かにその通りだと頷き合った。

「分け前が増えていいや。野郎を待たずにさっさとすませちまってずらかろうぜ」

幾之助はお宝を分け始めた。

——まったく、どうしようもねえ奴らだぜ。

長右衛門は失笑した。

人を騙し続けてきた三次郎が、こんな連中を仲間と思って信じていたというのが滑稽で仕方がなかった。

だが、このままでは連中は逃げてしまう。

長右衛門はすぐに踏み込まねばならなかった。

とはいえ、それでは三次郎を取り逃がすかもしれない。

清次、鶴吉、庄兵衛の到着はまだである。

――仕方がねえや。

相手が四人なら長右衛門一人でどうにでもなろう。

長右衛門は止むなく道場に躍り込んだ。

「な、なんだ手前は！」

たちまち幾之助達の怒声が響いたが、長右衛門は道場の刀架にあった木太刀を手に取り、あっという間に四人を叩き伏せて、

「〃いわさ屋〃の向かいのおやじだよう」

と、凄んだものだ。

清次が鶴吉と庄兵衛を連れて駆け込んだのは、ちょうどその時であった。

「ああ、遅かったか……」

三人は歯嚙みしたが、さすがは長右衛門だと、頬笑み合った。そして、

「三次郎の野郎がまだ来ちゃあいねえんだ」

という長右衛門の言葉に、慌てて外へとび出した。

すると、旅姿の三次郎が田圃の向こうからやって来るのが見えた。

間が悪く互いの動きが同時に重なったので、三次郎にも三人の姿が見えてしまった。

三次郎は、〝いわさ屋〟に出入りしていたので、〝相模屋〟の男達の義侠の評判は聞き及んでいた。

その小売酒屋でよく見かける三人が、幾之助との待ち合わせの場所にいる——。

これは幾之助がしくじったに違いないと、三次郎は咄嗟に悟った。

このまま立ち去れば、分け前は消えてしまうが、こういう時はすぐに逃げ去るのが何よりだと決めているのであろう。

彼は迷いなく踵（きびす）を返して逃げた。

「野郎……！」

清次はこれを追いかけたが、さすがの清次も、遥か向こうの相手には追いつけなかった。

「逃げ足の速え（はえ）野郎だ……」

清次は口惜しがったが、どうしようもなかったのだ。

こうして、三次郎は〝相模屋〟の者の前に二度と姿を現すことはなかったのである。

三

「あれから二十年くらいになるかねえ……」

お夏はもう食べ飽きたのか、ところてんには見向きもせずに、煙管を取り出して一服つけた。

「清さんが見かけたというのも何かの因縁だろうよ……」

「だが今度もまた、逃してしまいやしたよ……」

清次は口惜しそうに言った。

「奴が、まだこの目黒に潜んでいるとは十分に考えられるぜ」

鶴吉が相槌を打った。

「それにしても、ここでまた、おれ達と出会うことになるとはな」

庄兵衛がふっと笑った。

「あの男がまともになったとは考え辛いね。こいつは手分けして見つけ出さないと」

お夏は思案顔をした。

「どうも苛々（いらいら）としますぜ」

清次はいつになく落ち着かなかった。

蚊帳（かや）の中に蚊がいるのを目にしたが、どこへ行ったかわからない――。いるなら必ず嚙まれるだろう。何としてでも捜し出して叩き潰さないと、落ち着いて寝てもいられない。

四人はそんな気分になっていた。

「あっしが、八つぁんにも声をかけておきましょう」

鶴吉が言った。

八つぁんというのは、〝相模屋〟時代からの生き残りである、船漕ぎ八兵衛（はちべえ）のことだ。

四人は、お夏の居酒屋と、目黒不動門前の静かな木立の中に建つ、庄兵衛が暮らす庵（いおり）を砦（とりで）として、まず三次郎らしき男の立廻り先を見つけることにした。

「きっと見つけ出して、何を企んでやがるのか、突き止めてやる……。ほとぼりなんてものは、なかなか冷めねえものだってことを奴に思い知らせてやりますよ」

気合を入れる清次を見て、お夏は頬笑んで、

「死んだお父っさんも、あいつを逃したことは、きっと心のどこかに引っかかっていたはずだよ。好い供養にしてやっておくれな。それにしても、あの頃から比べると、皆、歳をとってしまったねえ……」

煙草の煙と一緒に、そんな言葉を吐き出した。

「歳はとったが、歳をとった分、ここはよくなったよ……」

庄兵衛は自分の頭を指して笑った。

その夜は、そうして解散したが、お夏はどうも落ち着かなかった。

小間物屋の三次郎のことを、忘れたわけではない。

とはいえ、あの日の一件で誰か死人が出たわけではなかった。

長右衛門は、そこにあるはずのない調度の品が道場から見つかったことを役人に告げ、幾之助達を引き渡した。

その日の内に解決したので、盗まれた品も、強請られた金も〝いわさ屋〟へ戻った。

盗みを働き、〝いわさ屋〟の連中の心を裏切った三次郎は憎い男であったが、その先捕えられなかったのは、自分達の責任ではなく、奉行所の力不足である。

この何年もの間、三次郎の面影は薄れていった。

だが、三次郎を思い出すと、ほろ苦い思い出が蘇るので、心の隅へ追いやっていたのは否めない。

清次達〝相模屋〟の男達は、もうすっかりと忘れてしまっているらしいが、お夏には、向かいにあった小間物屋の〝いわさ屋〟に、若き日のほろ苦い思い出があった。

それは〝いわさ屋〟の息子・俊之助との思い出であった。

幼い頃から、お夏は二歳上の向かいの息子と親しかった。

どういうきっかけで仲よくなったかまではよく覚えていないが、近所の子供同士の繋がりとはそんなものであろう。

足が速かったお夏に挑戦してきて、何度も二人で駆け競べをしたのを覚えている。

そうして、家から遠く離れたところで、俊之助は何度かお夏に、ところてんを振舞ってくれた。

辻売りのところてんであったが、

「お夏ちゃん、おいらはこいつが大好きなんだよ」

少し照れ笑いを浮かべて、ところてんに舌鼓を打つ俊之助の姿は今も心に残っている。

足は滅法速かったが、俊之助はおっとりとした気性で、誰に対してもやさしかった。

そのあたりは、快活で勝気なお夏とは対照的であったが、大人になるにつれて向かいにいながら、二人が顔を合わすことは少なくなった。

だが、俊之助の影響で、すっかりところてん好きになったお夏は、自分でところてんを拵えるようになると、それを〝いわさ屋〟に届けてあげたものだ。

「お夏ちゃんは料理が上手なんだねえ……」

そんな時は素直に喜んでくれた俊之助であったが、彼は跡取り息子であったから、いつも忙しそうにしていた。

本人は、恐らくお夏に対して、

「自分に嫁いでくれないか」

と思っていたに違いない。

しかし、お夏は母親を殺され、自分がお豊の代わりに〝相模屋〟を支えていこうと心に決めて、慌しく日々を過ごしたし、俊之助もまた父を亡くし、母・おすまと二人で〝いわさ屋〟を盛り立てんとしたから、そのような話が生まれる気配はなかった。

お夏は、父・長右衛門から密かに武芸を仕込まれていて、母・お豊の仇討ちにも自ら身を投じたので、縁談どころではなくなっていたからだ。

いざとなれば、罪科を問われる身となっていた。

まともな商いをして暮らす俊之助と一緒になるなど、もはや考えるべくもなかったのだ。

そんな時に起きたのが三次郎が仲間と企んだ盗みと恐喝の一件であった。

おすまは長右衛門に、

「ご恩は一生忘れません……」

と涙したものだが、それ以降も、商売は安定しなかった。

おすまは亡夫が大きくした店を引き継げるだけの才覚がなかったし、俊之助も年若で、父親という後盾を失うと、やさしい気性が災いした。

店の者達も、先代の号令一下で動いていたので、主を失うと判断、決断が出来ず、店が上手く廻らないのは無理もなかった。

「つまるところ、わたしと俊之助の分には合わないのでしょう」

おすまは、このままでは暮らしそのものが立ちゆかなくなると、浅草の店をたたむことに決めた。

上尾に親類がいるので、店の構えを小さくして、そこで新たに商売を始めるというのである。

上尾は中山道にある宿場町で、さほど大きくはないが、日本橋を七つ立ちすると、ちょうど最初の宿となるため、旅籠も多く賑わっていた。

江戸で名を馳せた小間物屋が扱う物ならば、好んで求める人も多いだろうと考えたのだ。

誰もが名残を惜しんだが、おすまの考えはもっともであるから引き止められなかった。

中山道を旅する時は、必ず立ち寄りましょうと、近所の衆に見送られ、おすまは俊之助と、僅かな供を連れて、上尾に旅立ったのであった。

お夏はその折、

「道中、これを……」

と、手製のところてんを俊之助に持たせた。

旅に出たのは冬の寒い日で、

「ははは、この時分に食べられるとは嬉しいねえ」

相変わらずのところてん好きである俊之助は大いに喜んだが、

「江戸と上尾じゃあ、いくら走っても遠すぎるねえ」

お夏への想いをその一言に込めて、江戸を離れたのであった。

果して自分は俊之助に恋情を抱いていたのかどうか——。

お夏は今思い出してみてもわからない。

あの頃は人助けと、気に入らぬ分限者の鼻を明かすことで、母の死の悲しみを払拭していた。

その気分の昂揚（こうよう）は、初恋であったかもしれぬ相手への想いをも、どこかへ吹きとばしていたのかもしれなかった。

三次郎の一件によって、おすまがますます〝いわさ屋〟での商いに自信を失くしたとすれば、三次郎は自分と俊之助の恋路を完全に遮断した憎い相手と言える。

しかし、復讐に血刀を揮い、ただの小売酒屋の娘ではなくなってしまったお夏にとっては、互いに別の道を歩むことになったのは幸いであったかもしれない。

消えた三次郎は、あれから時折、お夏の頭の中に現れ、その度にもはや記憶の彼方（かなた）に芥子（けし）粒のように残る俊之助の面影が一瞬浮かぶのであった。

〝いわさ屋〟のその後はというと、おすまの思惑通り、上尾では、

「好い品が置いてある」

との評判を得て、順調に商いの幅を広げていったと、風の便りに聞いた。

それだけわかれば十分である。

地元の分限者の娘を嫁にもらい、健やかに暮らしているであろう。

三次郎のこととはもう、すっかり切り離して考えればよかろう。

そのように思ってきたが、二十年の時を経て、清次が三次郎をこの目で見たと言えば、ところてん好きの俊之助の面影が鮮明に浮かんできて、彼女の胸の内をくすぐった。

――あたしも、やきがまわったかねえ。

お夏はそんな自分がおかしかった。

勝気で男勝りなお夏は、幼い頃から近所の悪童達を従えて遊んでいた。

〝いわさ屋〟の息子との仲も、その程度のものであったと、清次でさえも思っているはずだ。

俊之助については、何も言わずにおこう。

お夏は、かつての仲間の男達が張り切るのを尻目に、その夜は柄にもなく感傷に浸りながら、一人の時を過ごしたのであった。

四

翌日から、清次、鶴吉、河瀬庄兵衛、八兵衛の四人は、獲物を求める猟犬のように三次郎の姿を求め歩いた。

あの折は、〝魂風一家〟ではなく、男伊達の長右衛門とその乾分達が、〝いわさ屋〟を強請る一団を懲らしめたのだ。

逃げた三次郎らしき男が目黒にいるのを見かけたのならば、まともにお上へ報せておけばよいのかもしれない。

濱名茂十郎は、お夏の裏の顔については理解している。

それでいて今は、南町奉行所定町廻り同心を、養子の甥・又七郎に譲り、剣術三昧の身であるから話し易い。

三次郎について、まず相談してもよかったのであるが、生憎、茂十郎は旅に出ていて不在であった。

又七郎も近頃はしっかりしているので、三次郎がどんな奴か、何をしたかを話して、まず取り調べてもらう手もあった。

しかし、話は二十年前に遡る。

その時のことを伝えるには、又七郎にお夏と清次の過去を告げるところから始めねばならない。

茂十郎は、お夏と清次については、

「面倒見がよくて、いざという時は頼りになる二人だぜ」

と、又七郎には話していたが、新たに同心として出仕する養子に、二人の複雑な過去など、わざわざ話すことではないと考えていた。

それに、二十年前に小間物屋の蔵を荒らした男を、今さら奉行所が人を出して調べ、召し取ったとしても、何の手柄にもなるまい。

それよりは、お夏と、清次、鶴吉、庄兵衛、八兵衛で探索した方が、邪魔が入らずことが運びやすい。

何よりも、三次郎のような悪人を、あの時逃がしてしまったことが、お夏達の胸を時折かきむしっていた。

「ここは自分達でけりをつけてやる」

という気持ちが、強く湧き上がっていたのである。

もう諦めかけていた、三次郎との決着であった。

あの後、何をして暮らしてきたのかはわからないが、江戸の片田舎といえる目黒なら、人目につかぬと思ったのに違いない。

しかし、お夏達にとっては目黒で再会したのは何よりであった。

片田舎で長閑な分、ここは人の数も、芝や神田などに比べると少ない。既に土地勘も身につけているから、五人が力を合わせれば容易く三次郎を見つけ出し、追い込めるであろう。

「だが清さん、たまたま目黒に用があって立ち寄っただけかもしれないよ。そう、根を詰めるほどのものでもないさ」

お夏は、清次が二十年前に見た三次郎を、はっきりと、

「奴だ……」

と見極めたことに疑念は抱かなかったが、三次郎が現在、目黒のどこかに腰を据えているとは限らない。

骨折り損になるかもしれないのだから、焦る必要はないのだと声をかけたのである。

「へい、よくわかっておりやす」

清次は、お夏の気遣いが嬉しかったが、三次郎がこの地に逗留しているかどうかくらいは、すぐに突き止める自信があった。

この辺りには、これといった旅籠がない。

料理茶屋で泊まれるところや、目黒不動門前にある、隠し売女を置く家の他は、近在の百姓家の離れや、寺の僧房を借り受けることになる。

料理屋や盛り場は、居続ければ目立つので、すぐに知れる。

以前に罪を犯して逃れの身である三次郎が、そんな手を使うはずはない。

どこかの百姓家を借り受けるか、近々目黒近辺に店を出し商売を始めるので、その下準備のためなどと称して、仮住まいを見つけるか、というところであろう。

相模屋長右衛門の死後、店をたたんでばらばらに暮らしたお夏達は、〝魂風一家〟として暴れ回ったほとぼりを冷まさんとして、そのほとんどが旅に出た。

そして、方々転々として暮らした時の方便が、正しくその〝仮住まい〟を見つけることであった。

それゆえ、三次郎の気持ちになって考えられるのだ。

すると五日で答えが出た。

河瀬庄兵衛が、嗅ぎつけたのだ。

庄兵衛は浪人絵師として、すっかりと目黒の地に馴染み始めていた。

目黒の地に惹かれて、ここに暮らし始めた文人墨客もいて、この連中との交遊を持つようになっていた。

こういう風流人、通人の類は、騒々しいお夏の居酒屋に来ることはまずないので、庄兵衛の付合いは時に役に立つのである。

「わたしの昔馴染で、ここに住んでみたいという者がおりましてな。すぐに飽きるやもしれぬゆえ、まず仮住まいを見つけてしばらくいればどうじゃと勧めておるのですが、手頃な家が見つかりますかな」

こんな話をしていると、幾つか候補をあげてくれる人がすぐに出てきた。

そこから探ると、近頃、大鳥神社にほど近い百姓家を一軒借り受けている商人がいると知れた。

その商人は、近々目黒不動の門前に、小間物屋の出店を開きたいとのことで、店舗を探すために逗留しているという。

借家を提供している大百姓は、まだ他にも使っていない小屋などを持っているそうで、

「いつでも口を利きましょう」

と言ってくれた。

――小間物屋か。

二十年経てば、小間物屋を名乗っても大丈夫だと思ったのであろうか。

小間物屋ならば、昔から勝手がわかっているので、何かと嘘をつき易いと思ったのであろうか。

これはきっと三次郎に違いないと、庄兵衛は確信した。

庄兵衛は逸(はや)る気持ちを抑え、すぐに自分で様子を見に行かずに、鶴吉に託した。

鶴吉は、近隣の百姓に身をやつし、件の百姓家への接近を試みた。

すると、噂に違わず、商家の主と、奉公人が、その一軒を借り受け逗留していると知れた。

鶴吉は、全身の気配を消して百姓家を見張った。

そして彼の体中に電流が走った。

社の鳥居の陰に隠れて、件の百姓家から出てきた男を見た刹那、

――奴だ。三次郎だ。

と思うに十分な記憶が、そ奴の顔と重なり合ったのである。

三次郎は、四十半ばの供の男を一人従え、神社の境内へと入った。

やがて祠の裏手へと歩みを進めた三次郎は、この男を見張りに立て、二人の男と会っていた。

二人の男もまた、商家の主と従者という風体である。二言三言言葉を交わすと、三次郎はすぐに二人と別れて、再び百姓家に戻った。

外へ出るのは僅かな間だけで、他は百姓家に籠っているらしい。

清次が見かけてから、なかなか見つからなかったのも頷ける。

――何か企んでやがるぜ。

二十年が経って、或いは真っとうな暮らしを送っているかもしれない、その様子次第では、見逃してやってもよいのではないかと、お夏の居酒屋ではそんな話も出た。

二十年前の罪を言い立てて、三次郎を役人に突き出したとて、役人も面倒がるであろう。

あの折も、人殺しをしたわけでもなかったのだから、改心をしていた場合は見逃してやるべきだと、庄兵衛もこれに同意したのであったが、

――そいつは余計な気の廻しようだったぜ。

連れている供。会っていた二人組。そ奴らの風体を見れば、一見して〝玄人〟であるのが鶴吉にはわかる。

──きっちりと確かめてやらあ。

鶴吉は興奮を抑えて、三次郎が会っていた二人組のあとをつけた。

二人は表の通りを行かず、社の裏手の木立を抜けて、目黒不動の門前へ向かわんとしていた。

──ますます怪しい野郎達だ。

しかし、隙だらけに見えた二人組であったが、木立を抜ける手前でふっと振り返り、

「おれ達に何か用かい？」

と、木陰に潜む鶴吉に声をかけてきた。

──しまった。

鶴吉は、己が油断に腹が立ったが、ひとまずやり過ごそうと息を潜めた。

ところが、今度は背後から石礫（いしつぶて）が飛んできた。

「なに……！」

危うくこれをかわした鶴吉は、

「お、おい、無茶をするな！　おれはただの百姓だ。こいつはとんだ勘違いだよ

う！」

と、善良な通りすがりの百姓男を演じた。

「やかましいやい！」

背後から投石した男が叫んだ。こ奴は先ほど三次郎が連れていた供の男であった。

三次郎が百姓家へ戻った後、二人組のあとをそっとついてきたところ、鶴吉の姿を認めたのであろう。

前を行く二人組の勘といい、こ奴らは馬鹿に出来ない凄みがあった。

――おれとしたことが。こんな野郎に見咎められるとはよう。

腹立ちまぎれに一暴れしてやろうかと思ったが、そこは鶴吉も〝玄人〟である。け散らしたところで、奴らの狙いがわからぬようになればどうしようもない。

「お、おれはどくだみの葉っぱを摘みに来ただけだ。あ、あんたらこそ何者なんだ！」

鶴吉はあくまでも通りすがりの百姓を演じて、走り去った。

二人組は、鶴吉の足の速さに舌を巻いて、

「逃げ足の速え野郎だ……」

と、忌々しそうに言った。

投石した男が駆け寄って、

「追いかけようか」

「いや、〝天の字〟の足が速えのはわかっているが、目立つことは避けねえとな」

二人組の主風が言った。

「今のは、ただの通りすがりの百姓じゃあねえのかい」

従者風が続けた。

「そうかもしれねえな……」

〝天の字〟は眉をひそめた。

役人の手先には見えなかった。地元の百姓であれば話がややこしくなると、三人の思惑は一致した。

「だがよう、いずれにせよ、とっととすましちまった方がいいぜ。〝天の字〟、お頭に伝えておいてくんな」

主風はそのように言い置くと二人で先を急いだ。

韋駄天を気取る〝天の字〟は、四十を過ぎているると思われるが、身のこなしはなかなかに素早かった。

よく見ると、やさしげで整った顔立ちをしているのだが、悪党に身を落し、荒んだ心の虚無が覆いつくしていて、〝天の字〟を、不気味にしていた。

こ奴は二人組を少し見送ると、踵を返して駆け去った。

――なるほど、韋駄天ゆえに〝天の字〟か。

この様子を大樹の陰から、今一人の男が見ていた。

清次である。

――だが、あの〝天の字〟、どこかで見たような気がするぜ。

二十年前の一件で、〝いわさ屋〟を強請った連中の中にいたのかもしれないが、あの日空き家の剣術道場にはいなかった。

つまり三次郎の他に、逃れていた者がいたのかもしれない。

清次は頭を捻りつつ、先を行く二人組のあとを追った。

件の百姓家に戻った三次郎を清次は、鶴吉と違うところから見ていた。

そして、やはり三次郎に違いないと確信したのだが、

――奴らは侮れねえ。

と、気合を入れ直していた。

久しぶりに闇の戦いになりそうだが、お夏の一党に抜かりはない。

件の百姓家には既に、河瀬庄兵衛と船漕ぎ八兵衛が出張っている。

五

商人の主従風は、そのまま目黒不動門前の町屋へと抜けていった。

人通りに出ると、主従風の先ほどの険しい表情はすっかりと穏やかなものに変わっていた。

行き交う人の中には、清次を知る人も多かった。

「やあ清さん、買い出しかい？」

時折、そんな声もかかった。

「ああ、そんなところさ。店の調度もたまには新しくしねえとね」

清次はよく通る声で、調度の買い出しと称した。その言葉は前を行く二人にも届いているはずだ。

ゆえに、方々を見廻しつつ歩いていてもおかしくない。

二人にも怪しまれずにすむというものだ。

やがて二人組は、仏具店〝真光堂〟を通り過ぎると、裏手の道へと折れた。

ここから裏手の道へ入るとは、どうも解せなかった。

清次は、あとをつけずに後ろを見た。

真に好い具合に、女笠を被った目黒不動の参詣人らしき女がそこを歩いていた。

少し粋筋の匂いがするその女は、お夏であった。

百姓家から人が動いたと見るや、八兵衛は目黒不動門前の庵に待機していたお夏に告げた。

お夏は参詣人の女に扮して、ゆったりと町を歩く。

そして清次の姿を見つけたというわけだ。

清次はお夏に、件の二人を追ってきたと目配せをした。

お夏は、清次に代わって二人組を追う。

決して近寄らず、遠目に二人の動きを捉えていると、二人は〝真光堂〟の裏手へと歩いて行く。

やがて、主風が大きな声で笑った。

「ははは、お前、それは何か悪い夢でも見たのではないかい？」

温厚な主が、供の者と談笑している風であったが、それからすぐに裏手の木戸が開いて、水桶と柄杓を手にした〝真光堂〟の女中が、外へと出てきた。

女中は、近頃奉公にあがったという、お駒である。

時折、お春に頼まれて、お夏の居酒屋にところてんを買いに来る、あの女中である。

お駒は忙しそうに立ち働くと、外で水を撒き始めたのだが、

「ちょっと、何をするのですか……」

二人組の従者風が声をあげた。

水が二人の方へとんだらしい。

「これは申し訳ありません……！」

お駒が慌てて駆け寄った。

「ああ、ああ、旦那様の足下が濡れてしまったではありませんか」

「とんだ粗相をいたしました……」

お駒は、帯に下げていた手拭いで、主風の裾を拭き始めた。

「いえいえ、大事ありませんよ。この暑さですからな。かえって涼しくなったというものです」

主風は、やさしく笑ってみせた。

お駒はいたく恐縮して、

「お許しいただけますか……。ありがとうございます……」

平身低頭したものだが、その最中に、主風は何食わぬ顔で、彼女の手からそっと結び文を受け取っていた。

そして、お夏はその一瞬を見逃さなかった。

──そういうことかい。

主風が大きな声で笑ったのが、お駒への合図であったのだ。

お夏はぐっと身を引き締めた。

そして、商人風の二人のあとをつけた。

二人は再び門前の通りをゆったりと歩いた。

目黒に新たに出店する主が三次郎、その奉公人が〝天の字〟、番頭で出店の主となるのが、この二人組の主風、その奉公人が従者風というところか。

そのように世を欺くつもりなら、二人組は最後に三次郎が仮住まいに借り受けている百姓家に落ち着くはずだ。

案の定、二人は大鳥神社の方へと向かっていた。

お夏と交代で、再び清次があとをつけた。

清次とすれ違い様、

「仏具屋のお駒が仲間だったよ」

お夏はしっかりと告げていた。

清次はひとつ咳払いをして、二人のあとをつけていった。

——一旦、あたしは店に戻ろう。

お夏は一人、行人坂へと向かった。

件の百姓家への備えは抜かりがない。

家が見渡せる社の境内の高台で、河瀬庄兵衛が風景を描き留めている絵師に成り切っていた。

八兵衛はお夏に報告をした後、またここに引き返していて、

「旦那、いや、先生、うめえもんですねえ。あっしにも絵心というものが、ありゃあいいんですが……」

などと言って物好きを装い、先ほどから庄兵衛の絵を覗き込みながら、時に家の近くまで出張って様子を窺っていた。

やがて二人の視界に、件の二人組が入った。

「一味は四人か……」

庄兵衛が呟いた。

「そのようで……。ここじゃあ、それより多くなると目立ちますからねえ」

八兵衛が傍らで相槌を打った。

「さて、あの家を根城に、何をやらかすつもりなのか……」

頭を捻りつつ庄兵衛は、

「あの三次郎の奴が、頭になっているとはな……」

彼もまた、男の顔を検めて、あの時の三次郎に間違いないと確信すると、妙な感慨に浸っていた。

「そいつはまあ、ところてんみてえに、下から悪い奴らが出てくりゃあ、前に押し出されるって寸法でしょう」

「ははは、八つぁん、うまいこと言うではないか」

「人は前に押し出された時に、どうなっているかで、値打ちが決まるんでしょうかねえ」

「そんなところだな。ひとつ言えるのは、おれ達もその分、歳をとってしまったってことだ」

「老いぼれちまう前に、あの野郎と巡り合えたのは幸いでございましたよ」

「三次郎は、〝いわさ屋〟の懐にうまく入り込んで、隙を衝いて蔵に忍び込んだ。今思うと、その手際は見事であったな」

「へい。今度もまたどこかに取り入って、同じ手を使うのでしょうかねえ」

やがて、百姓家に二人組が消えていくと、庄兵衛と八兵衛は立ち上がった。

清次が近付いて来たからだ。

「奴らは、引き込みの女を使って、〝真光堂〟に押し込むつもりですぜ」

清次は二人に低い声で告げた。

六

百姓家の中では、三次郎が険しい顔で三人の手下を見廻していた。

「その百姓の男が気になるな……」

つけられていると気付いたまではよかったが、下手に声をかけたことで相手を恐がらせた上に、逃げられてしまったのではどうしようもない。

話を聞けば、木立の中にはどくだみが多く自生していた。

ただそれを摘みに来ていた百姓であったかもしれないが、相手が何者かわからないままに終ってしまったのは、

「間抜けにもほどがあるぜ！」

と、怒り心頭となったのだ。

百姓男を怪しんだのなら、はっきりと相手の正体を突き止めるべきだ。

場合によっては人知れず始末しなければいけない。

それを徒(いたずら)に相手を詰り、驚かせ逃げられたというのは真に能がない。

そもそも、〝真光堂〟のお駒に会って繋ぎを取るだけの仕事で外へ出たというのに、かえって目立ってしまったとは何ごとか。もっと相手を見極めるべきではなかったか。

誰かにつけられている気がした。ただそれだけで頭に血が上り、石を投げて襲おうとしたのは、

「素人(しろうと)のすることだぜ」

三次郎は乾分共の失態に腹が立って仕方がなかった。

「いや、だがお頭。思わず見咎めたのは短気だったかもしれねえが、正体を知られたわけじゃあねえし、大したことはねえさ」

主風が宥めた。

「おれの見たところじゃあ、相手はただの通りすがりの百姓だ。うっちゃっておいても大丈夫さ」

従者風が続けた。

「馬鹿野郎。通りすがりの百姓だとしても、相手はお前らを恐れて逃げ出したんだ。このまま黙っちゃあいねえぜ」

三次郎は、ことを終えるまではこの辺りで波風を立てるなと、なかなかに慎重であった。

「だが、あれくれえのことで、いちいちあの百姓が役人に訴え出るとも思えねえ。どうせここには長居はしねえんだろう」

〝天の字〟が言った。

「うるせえ、手前（てめえ）は黙っていろ！」

三次郎の怒りはなかなか収まらなかったが、お駒からの結び文によると、明日の夜なら〝真光堂〟の金蔵には五百両以上の金があるはずだとのこと。

先日来、大きな取り引きが多く、その金が明日まとまって入るのだ。

今まで押し込みに入られたことはないし、店の者達は皆おっとりとしている。

蔵は用心棒が守っているわけでもなく、奉公人には通いの者もいて、夜はそれほどの人数もいないという。

「よし、こうなったらさっさとすませちまおう……」

三次郎は決断した。

これまでは、うまくことが運んでいた。

外れでした方がずらかり易い。

江戸のど真ん中で盗みを働くよりも、外れでした方がずらかり易い。

そう考えた三次郎は、目黒に狙いを定めた。

この二十年の間、三次郎は、関東一円で盗み働きを繰り返していた。

あまり大きな欲はかかず、分け前が百両くらいになる的に狙いを定めてきた。

それだけあれば二年は遊んで暮らせる。

人数も引き込みの女を入れて五人くらいならさほど目立たない。

以前の〝いわさ屋〟のように、敵は役人だけではない。

どこに〝相模屋〟の連中のような、お節介で腕の立つ俠気に溢れた者がいるかわからないのだ。

目立つことはしてはいけない——。

それだけを自分に言い聞かせてここまでやってきたのである。

「よし、〝真光堂〟を叩くのは明日の夜だ。お駒への合図はおれが送りに行く。お前らはその時がくるまでじっとしていろ。お駒の引き込みでおれが中へ忍び入る。〝天の字〟、お前は外を見張れ、後の二人はおれについて入れ。おれが蔵の錠を外すから、一緒に入ってお宝をいただいちまおう。もし騒ぎ立てる奴がいたら、構わねえから二度と口が利けねえようにしてやれ。取ったらそのまま町を出るぜ」

三次郎が凄みの利いた声で言った。

乾分達はしっかりと頷いた。

愛敬をふりまきながら、上手く〝いわさ屋〟に取り入った頃の和やかさは、三次郎の顔からは消えていた。

悪事を重ねる度に、人相は変わるものなのだろう。

笑顔が愛くるしい者も、やがて険に覆いつくされるのだ。

悪党達は、それを糊塗（こと）するだけの演技を身につけるが、いくら取り繕っても、人の警戒を取り除くだけの笑顔は浮かんでこなくなる。

それを悟るだけの、自分に対する眼力があったからこそ、三次郎は悪事の仕方を切り換えることに成功したのであろう。

愛敬に溢れた小間物の行商から、百戦錬磨の商人としての凄みを持つ小間物屋の主へと、彼は変貌を遂げていた。

そしてそれと共に三次郎の悪事の手口は、凶悪になっていた。

自分の代わりに引き込みの女を相手の懐の内に放り込み、一気に蔵を襲う。

錠前を開ける技術はさらなる上達をみたが、見つかれば手荒な真似もするようになった。

歳をとる毎(ごと)に、堪え性がなくなっていたのである。

二十年前は、上手くことを運んだのに、分け前に与(あずか)らぬまま逃走を余儀なくされた。

あの時の口惜しさが、三次郎の心の内から離れなかったのである。

自分が頭になれば、周りにいる者が勤めの邪魔をしないか気を遣い、盗む時は強引にお宝を手に入れる。

そしてすぐにその場から離れてほとぼりを冷ます。これが何よりであった。

目を付けた目黒は、盗み働きをするにはなかなかよい土地であったといえる。

ここなら、店を襲撃してからすぐに奉行所の追手は来ないであろう。

火付盗賊改方(ひつけとうぞくあらためかた)の探索も、後回しになっていると思われる。

問題は襲撃先だが、大店でなくともそれなりに金を貯えていそうな老舗もあり、欲をかかねば十分である。

大店になればなるほど、こっちの危険も高まるから、〝真光堂〟は狙うのにうってつけであった。

ここは、後家のお春が未だに得意先の心を摑んでいて、仕事は絶えない。

それに、店の切り盛りはすっかりと息子の徳之助に任せているものの、この跡継ぎはまだ頼りなく、店が押し込みに遭うなど、思ってもみない吞気さがある。

――まず何とかなるだろう。

逃げていったという百姓のことは気になるが、自分を見咎めた二人組が、まさか盗賊の一味の者だとまでは思うまい。

三次郎は、次第に不安が薄れてきた。

だが、逃げた百姓が、この隠れ家に三次郎が一人になった隙を衝いて潜入しているとは思いもよらなかった。

一日でも二日でも、家の屋根裏や床下に潜んでいられるのが、髪結鶴吉の身上であった。

彼は今床下で岩のようになり、三次郎の出方を窺っていた。

――ヘッ、お前らの企みはわかったぜ。

鶴吉は、暗がりの中でほくそ笑んだ。

彼は潜り込む際、体を黒布で覆っていた。

しかし、そうするまでもないと高を括っていた。

すると、思い出したように、

「お前ら、この家に入る時、床下は確かめただろうな」

という三次郎の声が聞こえて、鶴吉の五体に緊張が走った。

「へい、抜かりはありやせん」

と、乾分の声がした。

鶴吉がいる辺りまでは、ちょっと覗いたくらいでは人が潜んでいるとまではわからない。

黒い布は闇の色に同化している。

「奥までしっかり調べておけよ」

三次郎の声がしたかと思うと、足音が響いた。乾分に言い置いて、自分の部屋に入ったと思われる。

鶴吉の緊張は再び高まった。

床下へ入って検められると、被っている黒い布も役には立たない。

鶴吉は布を被ったまま、懐に呑んだ匕首をまさぐった。

乾分は三人いる。

鶴吉を見つけた奴を仕留めても、外に出る時に襲われては不利だ。

じっと息を殺し、耳を傾けると、

「奥の奥まで調べろとよ……」

乾分達の、少ししらけた声がした。

それからしばらく時が経ったが、乾分は床下の中まで来なかった。

さっと見ただけで十分ではないか。不気味な床下で這いつくばるなどご免だと思ったのであろう。

「見たことにしておこう……」

と、話はまとまったらしい。

——三次郎も、乾分を使いこなせねえようじゃあ、どの道長く盗人は務まらねえだろうよ。

鶴吉はほっと胸を撫で下ろした。

七

翌日。

三次郎は単身で百姓家を出ると、朝から仏具店〝真光堂〟へと出かけた。

この日はどこぞの小商人を思わせる姿で、店へ入ると、

「近々、この近くに越すことになりましてな。この折にもう少し立派な仏壇を備えたいなどと思いまして、今日はまず相談に乗ってもらえないかとやって参った次第で……」

などと、落ち着きのある男を演じていた。

徳之助は先客の対応に忙しかったが、

「あのお客さんは、お供の人もいないようだが、なかなかの商人に見えます。近々越しておいでというのですから、粗略にしてはいけませんよ」

そのように番頭に命じて話を聞いた。

この時、後家のお春は帳場の奥にいたが、息子の言葉を聞いて、

「何がなかなかの商人ですか。わたしには、ちょっとばかり裏道にそれたところで商いをしている人に見えますがねえ」

倅の頼りなさを嘆いていた。

のんびりしているように見えるが、商家に生まれ、商家へ嫁いだお春には、人を見る目が出来ている。

近頃、ところてんを買いにやらすお駒についても、重用しているわけではなかった。

主の徳之助の役に立つほどの器量を備えていないと見たゆえ、ところてん運びでもさせておこうとの配慮であった。

そもそも、得意先からの頼みとはいえ、口入屋を通さずに女中を雇い入れた徳之助に、実のところお春は、大いに不満を覚えていたのである。

お駒を薦めてきた得意先の主人も、また、頼りない二代目で、道楽仲間から頼まれたので、何の気なしに徳之助に話を持ってきたのであった。

「ちょうど手前共も、人を探しているところでございまして、ははは、これは渡りに船ですねえ」

徳之助はそう言って引き受けたそうな。

お春が具合を悪くしたのも、

「この馬鹿息子の代で、〝真光堂〟も終ってしまうかもしれませんねえ」

と、先代が祀られている仏壇に手を合わすうちに、目眩がしてきたのだ。

とはいえ、息子の代となった上は、徳之助と嫁のお登勢の思うようにさせてやろうと心に誓ったのだ。

ぼやきはすれど、口出しはしなかったのである。

実際、お春の不安は適中していた。

徳之助が三次郎をそのように見たゆえ、気の利かないお駒も、この商人に甲斐甲斐しく世話をして、茶菓子を供したりもした。

——まあ、それくらいさせておけばよろしい。

お春はまるで興がそそられず、この日も奥から出てこなかった。

だが気の利かないお駒が、怪しげな商人への接待を買って出たそのどさくさに、三次郎からそっと結び文を受け取っていたとは、夢にも思わなかったのであった。

ひたひたと、〝真光堂〟に魔の手が迫っていた。

だが、お春の陽気な気性が、この老舗に好運を呼び込んだのであろうか。

この盗人の頭目である三次郎の素顔を知る者が、この町にいたとは——。


その夜。

すっかりと家人が寝静まった仏具店〝真光堂〟の裏手に忍び寄る黒い影があった。

店の立地は、目黒不動門前の繁華な通りの隅にある。裏手は細い通りを隔てて空き地になっていて、そこから雑木林に繋がり、その向こうは百姓地である。

考えてみれば、盗人が好みそうな老舗であった。

「ニャーーッ、ニャーーッ」

猫の鳴き声がした。

影の一人の巧みな鳴き真似であった。

しばらくすると、裏木戸が開いた。

その木戸を内から開けたのは、お駒であった。

となれば、黒い影が三次郎一党であるのは、もはや語るまでもあるまい。

三次郎一党は、〝天の字〟、主風、従者風にお駒を加えた五人である。

男四人は、忍び足でお駒へと近付いた。

その時であった。

〝真光堂〟の大屋根から新たな黒い影が庭の立木伝いに飛び下りてきたかと思うと、

お駒を外へ引っ張り出して当て身を加えた。

髪結になる以前は、鳶（とび）の者であった鶴吉の仕業であった。

彼は黒装束に覆面をしている。

俄に現れた同じ恰好の襲撃者に、三次郎達は何が起きたのかと、一瞬呆然とした。

間髪をいれず、男達四人にそれぞれ新手が襲いかかった。

お夏、清次、河瀬庄兵衛、船漕ぎ八兵衛の四人であった。

仙人が如（ごと）き武芸者・藤村念斎（ふじむらねんさい）に、みっちりと武芸を仕込まれて、成長した後に江戸で小売酒屋を始めたのが、相模屋長右衛門である。

その薫陶を受けて、数々の修羅場を潜り抜けてきた面々である。

三次郎一党とは格が違った。

お夏達は手にした小振りの鉄棒で、それぞれの相手に向かった。

逃げ足の速い三次郎と、韋駄天を気取る〝天の字〟は、敵わないと見て応戦せずに駆け出した。

二人共に好い歳をしていたが、逃げ足は恐ろしく速かった。

しかし、お夏と清次に抜かりはない。さっと懐から鎖玉を取り出すと、これを足下めがけて投げ打った。

鎖玉は、鎖の両端に錘（おもり）のついた武器で、逃げる二人の足を打ち、絡みついた。

二人共、足が思うように動かず、たちまちお夏と清次の手に落ちた。

——二十年の無念を思い知りやがれ。

清次は心の内で叫ぶと、三次郎の右足を打ち据え、地に這わせた。

お夏は、同じように〝天の字〟を打ち据え、動けぬようにしたが、お夏の無事を確かめる清次は、お夏がその刹那怪訝（けげん）な顔で〝天の字〟を見ているのに気付いた。

庄兵衛と八兵衛も、素早く打ち倒した盗人共を縛りあげると、お夏を見たが、お夏はもう〝天の字〟には目もくれず、〝魂風一家〟の四人に頷くと、たちまち夜陰に消えた。

立ち去る時はバラバラに。

それでいて、誰か一人でも危機が迫れば、それを感知して駆けつけられる距離を保つ。

そして最後は一処に落ち合う。

それがこの日の決めごとであった。

四人はお夏に倣い、闇の中に溶けていった。

後には、高手小手に縛りあげられた五人の賊が残された。

いくらもがいても縄は体に食い込むばかり。

鉄棒で打たれた手足はしばらく使いものにはならず、夜明けの光に無惨な姿をさらすばかりであった。

八

二日後の夕方。

お夏の居酒屋に〝真光堂〟のお春がやって来て、

「ああ、殺されるところでしたよ……!」

という言葉を何度も口にしながら、ぐいぐいと冷や酒を呷(あお)った。

お嬢様育ちで、老舗の仏具屋のお内儀となったお春であるが、一旦飲み始めると止まらなくなる。

この夏は、不動の龍五郎と弁天の寅蔵との決闘の折も、自分が喧嘩を止められなかったことが気に入らずにここで飲んだくれたわけだが、それどころではない。

「あの頼りない息子夫婦のために、店が潰れてしまうところでしたよ！」

という嘆きは、ちょっとやそっとの酒では収まらないというわけだ。

昨日の夜明けのこと。

店の裏手に一見して賊と知れる男四人と、あろうことか女中のお駒が、厳しく縛められて転がされていた。

そこから役人が取り調べると、正しく〝真光堂〟に押し入ろうとした盗人の一団であるとわかった。

幸い蔵は荒らされていなかったが、裏木戸が開いていたし、いつになく金が眠っている日であったので、お駒の関与が問われたのだ。

それにしても、何者が賊を捕えてくれたのであろうか。

三次郎は、かつて〝いわさ屋〟を強請りから救った〝相模屋〟の連中が目黒にい

て、あの時の決着をつけたとは思ってもいなかったので、

「見たところ、ご同業の奴らのようでございました。きっと、あっしらが気に入らねえんで、邪魔をしてやろうと思ったんでしょうねえ……」

取り調べの際に、観念してそう応えたという。

そう考えると、恐るべき腕の盗人達で、そのまま〝真光堂〟の蔵を荒らさなかったのは、五百や千の金のためには盗み働きなどしないという矜持の表れであったのかもしれない。

となると、目黒では老舗の〝真光堂〟が襲われなかったのであるから、今後大盗人はこの辺り一帯を的にかけぬであろう。

町の者達はそのように噂し合い、

「明日は我が身だ」

と、同時に用心を怠らぬよう己を戒めたのである。

「ああ、恥ずかしいったらありゃしないわよう……」

しかし、不心得の見本にされたとなっては、お春は意気消沈するしかない。

気持ちがわかるだけに、居酒屋には、

「何も言うなよ。とにかく聞いてさしあげろ」

不動の龍五郎の戒めの下、常連達が集まってきて、ひたすらにお春の話を聞いて相槌を打ったものだ。

お春の体を気遣って、医者の吉野安頓も店の隅に控えていたし、いつでも店に戻れるよう駕籠屋の源三は、酒を控えめにして、店に相棒と共に駕籠を着けていた。

供に付いて来た男衆の作造は、申し訳なさそうに客達に頭を下げていた。

「店の裏手ではなく、隠れ家で奴らを始末してもよかったかもしれやせんねえ」

そうすれば〝真光堂〟に傷はつかなかったのではなかろうかと、清次はこの事態を予想して、お夏にそっと告げていたのだが、

「構わないさ。頼りない息子もこれで少しはしっかりするだろうしさ。ああしないと、お駒の悪事を暴き辛いし、これで町の皆が用心を怠らないようになったら何よりだよ」

と、お夏はこともなげに言った。

「口入屋は、ちょいと面目を施したようだしね」

お春の話を聞いてやりつつ、龍五郎はどこか誇らしげだ。

龍五郎を通さずに奉公人を雇うと危ない目に遭うと、改めて知れ渡ったのであるから無理もない。

「奴らをふん縛ったのが大盗人だと思われるのは、いささか気に食わないが、まあ、これでよかったのさ」

お夏は溜息交じりに言った。

清次はにこやかに相槌を打ったが、お春の嘆きに常連達が聞き入っている隙を見て、

「〝天の字〟って野郎、どこかで見たような気がしたんですが……」

と、お夏に囁いた。

〝天の字〟を見てからずっと気になっていたのだが、あ奴を打ち倒した時、お夏も一瞬怪訝な表情をしていたように思えた。

二人だけの時に訊くべきことかもしれなかったが、清次なりにどうも引っかかるものがあって、すぐにでも訊きたくなったのだ。

「清さんもそう思ったかい……」

お夏は渋い表情で清次を見た。

「へい、ちょいと気になっていたんですが、どうも思い出せねえんです」

やはり訊くべきではなかったかと、清次は上目遣いにお夏を見たが、

「〝天の字〟てえのは、〝いわさ屋〟の俊之助って若旦那だよ……」

お夏はさらりと応えた。

「あ……」

清次は絶句した。

確かにそうだった。二十年前、あの三次郎が蔵を密かに荒らした小間物屋の倅であった――。

「上尾でしっかりとやっていると思っていたんだけどねえ……」

お夏は苦笑いを浮かべた。

「なるほど……」

上尾の宿はなかなかに旅籠が繁盛していて、飯盛女という名の遊女が多くいた。

俊之助は、少しばかり町の顔になって好い気になったのであろう。

恐らく母・おすまが死んだ後に、放蕩が過ぎて身を持ち崩したところで、三次郎と再会したのに違いない。

三次郎にしてみれば、〝いわさ屋〟に対して、嫌な感情を抱いていて、こいつを顎で使ってやろう、などという気になったのかもしれない。

それから盗人仲間となって、どんな風に暮らしてきたのかはしれないが、足の速さを生かして、次第に盗人として成長したのだと思われる。

——そういえば、お嬢は〝いわさ屋〟が上尾に旅立つ時、俊之助にところてんを手渡していなさった。

あの時の、哀しそうな顔からは思いもよらないほど、俊之助の人相は変わってしまっていた。庄兵衛と八兵衛もまるで気付かなかったのだから、相当なものだ。

お夏はひょっとして、俊之助に淡い恋心を抱いていたのかもしれない。

彼女にところてんの味を教えたのは俊之助ではなかったか。

〝天の字〟と呼ばれていたのは、

——韋駄天じゃあなくて、ところてん好きだから？

そうかもしれないと、清次は胸を締めつけられる想いがした。

しかしお夏は、もう何ごともなかったかのように酔態のお春を見て、口許に笑みを浮かべていた。

「ああ、ほんとうに嫌になってくるわ。いったいどういう因縁なのかしらねえ」

相変わらずお春はぼやき続けている。

お夏は遂にお春の席へと近寄ると、

「まあ、それなりに生きているとね。何だかおかしな因縁を思い知らされることもありますよ。命があっただけでもよかったのに、蔵も荒らされずにすんだのは、お春さんの日頃の行いが好いからなんでしょうよ」

にこやかに肩を撫でた。

お春は首を傾げつつ、その言葉が心に沁みて、

「なるほどね。お夏さんの言う通りかもしれないわね」

ひとまずぼやき節を引っ込めた。

「そうそう、色々ありますよ」

お夏は何度も頷きながら、

「そろそろ、お酒はやめて、ところてんでも食べたらどうなんです」

と、子供をあやすかのように言った。

この作品は書き下ろしです。

鰻と甘酒

居酒屋お夏 春夏秋冬

岡本さとる

令和3年12月10日 初版発行

発行人――石原正康
編集人――高部真人
発行所――株式会社幻冬舎
〒151-0051東京都渋谷区千駄ヶ谷4-9-7
電話 03(5411)6222(営業)
03(5411)6211(編集)
振替00120-8-767643

印刷・製本―中央精版印刷株式会社

装丁者――高橋雅之

幻冬舎時代小説文庫

ISBN978-4-344-43149-2 C0193 お-43-14

幻冬舎ホームページアドレス https://www.gentosha.co.jp/
この本に関するご意見・ご感想をメールでお寄せいただく場合は、
comment@gentosha.co.jpまで。